錢賓四先生學術文化講座

一切從語言開始

張洪年　著

中 文 大 學 出 版 社

《一切從語言開始》

張洪年 著

© 香港中文大學 2017

本書版權為香港中文大學所有。除獲香港中文大學
書面允許外，不得在任何地區，以任何方式，任何
文字翻印、仿製或轉載本書文字或圖表。

國際統一書號 (ISBN)：978-962-996-762-8

出版：中文大學出版社

香港 新界 沙田・香港中文大學
傳真：+852 2603 7355
電郵：cup@cuhk.edu.hk
網址：www.chineseupress.com

It All Begins with Language (in Chinese)

By Samuel Hung-nin Cheung

© The Chinese University of Hong Kong 2017
All Rights Reserved.

ISBN: 978-962-996-762-8

Published by The Chinese University Press
The Chinese University of Hong Kong
Sha Tin, N.T., Hong Kong
Fax: +852 2603 7355
E-mail: cup@cuhk.edu.hk
Website: www.chineseupress.com

Printed in Hong Kong

我謹將此書獻給我的老師

張琨先生

（1917–2017）

感謝先生四十八年來無私的栽培和支持

目 錄

錢賓四先生學術文化講座系列
總序

金耀基

今年是香港中文大學新亞書院創校六十周年，新亞書院之出現於海隅香江，實是中國文化一大因緣之事。1949年，幾個流亡的讀書人，有感於中國文化風雨飄搖，不絕如縷，遂有承繼中華傳統、發揚中國文化之大願，緣此而有新亞書院之誕生。老師宿儒雖顛沛困頓而著述不停，師生相濡以沫，絃歌不輟而文風蔚然，新亞卒成為海內外中國文化之重鎮。1963年，香港中文大學成立，新亞與崇基、聯合成為中大三成員書院。中文大學以「結合傳統與現代；融會中國與西方」為願景。新亞為中國文化立命的事業，因而有了一更堅強的制度性基礎。1977年，我有緣出任新亞書院院長，總覺新亞未來之發展，途有多趨，但歸根結底，總以激揚學術風氣、樹立文化風格為首要。因此，我與新亞同仁決意推動一些長期性的學術文化計劃，其中以設立與中國文化特別有關之「學術講座」為重要目標。我對新亞的學術講座提出了如下的構想：

「新亞學術講座」擬設為一永久之制度。此講座由「新亞學術基金」專款設立，每年用其孳息邀請中外傑出學人來院作一系列之公開演講，為期二週至一個月，年復一年，賡續無斷，與新亞同壽。「學術講座」主要之意義有四：在此「講座」制度下，每年有傑出之學人川流來書院講學，不但可擴大同學之視野，本院同仁亦得與世界各地學人切磋學問，析理辯難，交流無礙，以發揚學術之世界精神。此其一。講座之講者固為學有專精之學人，但講座之論題則儘量求其契扣關乎學術文化、社會、人生根源之大問題，超越專業學科之狹隘界限，深入淺出。此不但可觸引廣泛之回應，更可豐富新亞通識教育之內涵。此其二。講座採公開演講方式，對外界開放。我人相信大學應與現實世界保有一距離，以維護大學追求真理之客觀精神，但距離非隔離，學術亦正用以濟世。講座之向外開放，要在增加大學與社會之聯繫與感通。此其三。講座之系列演講，當予以整理出版，以廣流傳，並儘可能以中英文出版，蓋所以溝通中西文化，增加中外學人意見之交流也。此其四。

新亞書院第一個成立的學術講座是「錢賓四先生學術文化講座」。此講座以錢賓四先生命名，其理甚明。錢穆賓四先生為新

亞書院創辦人，一也。賓四先生為成就卓越之學人，二也。新亞對賓四先生創校之功德及學術之貢獻，實有最深之感念也。1978年，講座成立，我們即邀請講座以他命名的賓四先生為第一次講座之講者。83歲之齡的錢先生緣於對新亞之深情，慨然允諾。他還稱許新亞之設立學術講座，是「一偉大之構想」，認為此一講座「按期有人來賡續此講座，焉知不蔚成巨觀，乃與新亞同躋於日新又新，而有其無量之前途」。翌年，錢先生雖困於黃斑變性症眼疾，不良於行，然仍踐諾不改，在夫人胡美琦女士陪同下，自台灣越洋來港，重踏上闊別多年的新亞講堂。先生開講的第一日，慕其人樂其道者，蜂擁而至，學生、校友、香港市民千餘人，成為一時之文化盛會。在院長任內，我有幸逐年親迎英國劍橋大學的李約瑟博士、日本京都大學的小川環樹教授、美國哥倫比亞大學的狄百瑞教授，和中國北京大學的朱光潛先生，這幾位在中國文化研究上有世界聲響的學人的演講，在新亞，在中大，在香港都是一次次文化的盛宴。1985年，我卸下院長職責，利用大學給我的長假，到德國海德堡做訪問教授，遠行之前，職責所在，我還是用了一些筆墨勸動了哈佛大學的楊聯陞教授來新亞做85年度講座的講者。這位自嘲為「雜家」、被漢學界奉為「宗匠」的史學家，在新亞先後三次演講中，對中國文化中「報」、「保」、「包」三個鑰辭作了淵淵入微的精彩闡析，從我的繼任林聰標院長

信中知道楊先生的一系列演講固然圓滿成功，而許多活動，更是多采多姿。聯陞先生給我的信中，也表示他與夫人的香港之行十分愉快，還囑我為他的講演集寫一跋。這可說是我個人與「錢賓四先生學術文化講座」畫下愉快的句點。此後，林聰標院長、梁秉中院長和現任的黃乃正院長，都親力親為，年復一年，把這個講座辦得有聲有色。自楊聯陞教授之後，賡續來新亞的講座講者有余英時、劉廣京、杜維明、許倬雲、嚴耕望、墨子刻、張灝、湯一介、孟旦、方聞、劉述先、王蒙、柳存仁、安樂哲、屈志仁諸位先生。看到這許多來自世界各地的傑出學者，不禁使人相信，東海，南海，西海，北海，莫不有對中國文化抱持與新亞同一情志者。新亞「錢賓四先生學術文化講座」的許多講者，他們一生都在從事發揚中國文化的事業，或者用李約瑟博士的話，他們是向同代人和後代人為中國文化做「佈道」的工作。李約瑟博士說：「假若何時我們像律師辯護一樣有傾向性地寫作，或者何時過於強調中國文化貢獻，那就是在刻意找回平衡，以彌補以往極端否定它的這種過失。我們力圖挽回長期以來的不公與誤解。」的確，百年來，中國文化屢屢受到不公的對待，甚焉者，如在文化大革命中，中國傳統的文化價值，且遭到「極端否定」的命運。正因此，新亞的錢賓四先生，終其生，志力所在，都在為中國文化招魂，為往聖繼絕學，而「錢賓四先生學術文化講座」之設立，

亦正是希望通過講座講者之積學專識，從不同領域，不同層面，對中國文化闡析發揮，以彰顯中國文化千門萬戶之豐貌。

「錢賓四先生學術文化講座」講者的演講，自首講以來，凡有書稿者，悉由香港中文大學出版社印行單行本，如有中、英文書稿者，則由中文大學出版社與其他出版社，如哈佛大學出版社、哥倫比亞大學出版社，聯同出版。三十年來，已陸續出版了不少本講演集，也累積了許多聲譽。日前，中文大學出版社社長甘琦女士向我表示，講座的有些書，早已絕版，欲求者已不可得，故出版社有意把「講座」的一個個單行本，以叢書形式再版問世，如此則蒐集方便，影響亦會擴大，並盼我為叢書作一總序。我很讚賞甘社長這個想法，更思及「講座」與我的一段緣分，遂欣然從命。而我寫此序之時，頓覺時光倒流，重回到七、八十年代的新亞，我不禁憶起當年接迎「錢賓四先生學術文化講座」的幾位前輩先生，而今狄百瑞教授垂垂老去，已是西方新儒學的魯殿靈光。錢賓四、李約瑟、小川環樹、朱光潛諸先生則都已離世仙去，但我不能忘記他們的講堂風采，不能忘記他們對中國文化的溫情與敬意。他們的講演集都已成為新亞書院傳世的文化財了。

2009 年 6 月 22 日

粵研粵精深——
張洪年教授的粵語研究

鄧思穎

香港中文大學中國語言及文學系

　　按照漢語語言學的一般分析，中國境內的漢語可以劃分為幾個方言區，除北方話外，粵語算是一個大方言，主要通行於廣東、廣西、港澳，在海外華人社區中，粵語也是主要的交際用語。粵語俗稱為「廣東話」，學術上以廣州為代表，又稱為「廣州話」。以香港為例，根據政府統計處所公布的《2016年中期人口統計》，香港居民說粵語的人口超過六百萬，總人口接近九成。由此可見，粵語在香港的重要地位，是不容置疑的。

　　香港社會近年因一些社會議題（如教學語言），對語言問題普遍產生了關心的態度，尤其是有關粵語的問題。雖然大多數香港居民都說粵語，但對粵語的認識到底有多少？比如說，粵語有什麼音韻特點？粵語有什麼語法特點？怎樣從語言特點追溯粵語的歷史源流，甚至從中認識我們的過去？這些問題，對於會說粵語的普羅大眾來說，不一定能說出箇中道理。雖然不能要求每個人都是研究語言學的專家，但我們總不能對這種常掛在嘴邊的交際

工具、貌似熟悉的現象，一無所知。

要認識粵語，首先從這個語言的音韻、語法入手，明白語言的結構；要追溯粵語的源流，也離不開這個語言的音韻、語法。那麼，要認識粵語的音韻、語法，就肯定先從張洪年先生的著作入手。

張洪年先生畢業於香港中文大學(以下簡稱「中大」)新亞書院，後來入讀中大研究院，以粵語語法為題，撰寫碩士論文，在1969年春天提交碩士論文。這篇論文，後來在1972年出版，就是影響粵語語言學至今的劃時代巨著《香港粵語語法的研究》，奠定了在學術界的崇高地位，成為經典著作，啟迪了無數讀者對粵語語法的興趣，嘉惠後學，功不可沒。洪年先生，堪稱粵語研究的巨擘，已為士林公論。這本書引用者眾，但早已絕版多年。在2007年，這本書連同當年尚沒被收錄的四章，擴充至十章，由中文大學出版社重版，以饗讀者。認識洪年先生，肯定先從這本書入手，而這本書正是了解粵語語法的入門。

粵語的語法

表面看來，粵語語法跟普通話語法(也包括所謂標準的書面語語法)好像差不多，基本的詞序都大致相同，例如普通話說「我

吃飯」，在粵語也說「我食飯」，除詞彙不同外（即「吃」和「食」之別），兩者都有相同的詞序。洪年先生《香港粵語語法的研究》一書內，描述了這些語言現象，對了解粵語和普通話相同的特點，有很大的幫助，而對於漢語語法的宏觀認識，提供了重要的參考材料。除此之外，粵語還有不少獨特的語法現象，跟普通話不同。洪年先生以獨到的眼光、敏銳的觀察力，在書中把這些特點一一指出，並詳加分析。正如他在書中的引言所說，粵語並非「雜亂無章」，而是「大有規律可言」。該書所呈現給讀者看的，就是粵語千變萬化的規律。這些例子實在多不勝數了，這裡只舉兩點，作為示例。

一、《香港粵語語法的研究》對補語的描述特別仔細。漢語有一種結構，稱為「補語結構」，如「吃飽」，當中的「飽」表示了「吃」的結果，可稱為補語。加上「得」，表示一種可能性，如「吃得飽」；如果否定的話，就加上「不」，如「吃不飽」。粵語的說法也差不多，如「食飽」表示可能性的話，就說成「食得飽」；否定的話，就說成「食唔飽」。除這種跟普通話形式一樣的說法外，洪年先生還注意到粵語有兩種較為特殊的說法，那就是「唔食得飽」和「食唔得飽」，在普通話是不這樣說的。不過，他認為，相比之下，「食唔得飽」的說法，不算太常用。他進一步指出，「打唔爛」和「唔打得爛」，貌似相似，但意義略有不同。前者是無論你怎麼

樣摔攞，東西也摔不破；而後者既有可能是這個意思，也有可能表示這樣東西不可以摔破。這些理解，也可以延伸到別的例子，例如「行唔入」和「唔行得入」，前者表示無法進入，後者除了這個意思外，還可以表示不允許進入。同一套道理，可以延伸到別的例子，得到相同的解釋，尋找規律，就是語法。

二、《香港粵語語法的研究》對動詞後的虛化成份特別重視。增訂版的十章中，除綜合介紹基本句式、詞類外，「謂詞詞尾」和「助詞」各佔一章，一方面，可見作者對謂詞詞尾、助詞的重視，而另一方面，也反映了這些語言現象在粵語有重要的地位。所謂謂詞詞尾（也稱為「後綴」），就是黏附在動詞之後的成分。相較於普通話，粵語的謂詞詞尾數量比較多，而且所表達的意義特別豐富。洪年先生詳細描述了以下幾個謂詞詞尾：「咗、過、嚟、開、住、起（上）嚟、親、埋、晒、起、吓、吓」，不同的詞尾，所表達的意義不同，他在書中都注意到這些細微的差異，一一辨識，鉅細無遺，如同樣「戴眼鏡」的動作，加上不同的詞尾，就有不同的效果：「戴緊眼鏡（正在戴）、戴開眼鏡（向來的習慣）、戴住眼鏡（處於戴的狀態）」，他都小心區別，足見他對語言的敏銳力。至於助詞，是位於句末的虛詞，他仔細描述十七組助詞的語法特點，還討論到助詞連用的現象，例如「佢淨係得呢個女喋啫咩？」的三個助詞「喋啫咩」的連用。謂詞詞尾和助詞都屬於虛化

的成分，洪年先生有關這些成分的討論，有開創性的意義，在往後粵語語法研究，成為研究的焦點，具有深遠的影響。

粵語的音韻

除了對粵語語法的貢獻外，洪年先生在粵語音韻的研究，也有不少發現和創見。現略舉兩例，作為介紹。

一、《香港粵語語法的研究》忠實記錄了六十年代香港粵語的音韻面貌。洪年先生在書中，不僅記錄語法例句，還為每個例句標上實際的口語讀音，保留了當時的音韻，成為研究六十年代香港粵語音韻的重要文獻。在目前香港粵語裡，「私人」和「詩人」是完全同音的，沒有區別，然而，在六十年代的粵語，兩者的聲調卻有別，「私人」的「私」讀高降調，「詩人」的「詩」讀高平調，這種分化，正如他所說，今天「已幾乎蕩然無存」。另一種有趣的音韻現象是，當時的粵語，可通過動詞的變調，表示語法意義，如「佢去喇」的「去」，本調是中平調，變調讀作高升調的話，表達動作的完成。洪年先生認為這個變調的「去」原本是「去咗」連用，「咗」被省略後，本身的高升調加之於動詞「去」。這種變調的現象，在今天香港粵語也幾乎消失了，幸好在書中保存下來，我們得以從中了解當時的音韻特點。誠如洪年先生在該書重版序所

言，「歷史音韻變遷痕跡，這本語法書也可提供一些線索」。他對粵語音韻研究的貢獻，不言而喻。

二、客觀描述當代粵語的音韻轉變。洪年先生在2002年發表了一篇題為〈21世紀的香港粵語：一個新語音系統的形成〉（《暨南學報（哲學社會科學）》第2期）的文章，以客觀、持平的立場，紀錄當代香港粵語音韻的變化，並認為這些變化「值得大書特書」，讓讀者以開放的態度，審視當前的語言現象，從而前瞻未來的發展。洪年先生在文章中明確指出香港粵語的軟顎韻尾（也稱為「舌根韻尾」）逐漸丟失，舌位往前移，以齒齦韻尾（也稱為「舌尖韻尾」）取代，如把「耕」讀成「間」，把「江」讀成「乾」，把「殼」讀成「渴」等。這種變化，不是個別某幾個字的改變，而是有規律、有系統的轉變，在粵語音系造成很大的更動，形成新的體系。此外，他還注意到齒齦塞擦音聲母 [ts] 在圓唇元音前有所謂「顎化」的傾向，讀作 [tɕ]，例如「豬、處、書」等字音。至於韻尾的變化，由軟顎改為齒齦，是韻尾前移的結果。至於聲母的顎化現象，是舌位向後移動的結果。他進一步認為聲母向後，韻尾向前，反映了整個發音系統有「央化」的發展，他甚至懷疑央化的結果，使得說話不用太張嘴巴，舌頭似乎不必多動，一切聲音都好像「隱藏在口中待發」、給人一種「哦哦碎語」的感覺。洪年先生細緻的描述，加上宏觀的視野，正好點出目前香港粵語音韻

的狀態，而央化一說，解釋了音韻變化的動因，道出了箇中由來。

粵語的溯源

　　粵語的歷史到底有多久？一說源自唐宋，一說甚至可追溯到先秦。從音韻特點來考慮，現代粵語的音韻特徵，的確跟唐宋時期的中古音比較接近，也保存了不少中古音的特點。不過，從語法的角度來看，直接找到粵語語法的「源頭」，恐怕是一件不容易的事情。正是由於不容易，粵語語法的溯本追源，更顯得有挑戰性、有學術的價值。洪年先生獨具慧眼，在粵語語法研究另闢堂廡，近年專注研究早期粵語語法，開拓研究新領域，就是希望重構早期粵語發展的模式，通過這些現象，讓我們了解過去、認識歷史。有系統的紀錄粵語語言面貌，目前所見的最早材料，可追溯至十九世紀。當時外國學者為教授粵語口語的需要，編寫教科書、詞典等工具書，比較準確地反映當時粵語的音韻、詞匯、語法等特徵，成為今天研究早期粵語的重要文獻。洪年先生曾主持大型的研究項目「近代粵語的演變——早期廣東話口語材料研究」，獲特區政府研究資助局的資助。在這個研究項目裡，他全面整理十九世紀的粵語教學材料，建構了「早期粵語口語文獻資料庫」，上載於香港科技大學中國語言學研究中心的網頁，供

同行學者免費檢索，造福學界。在這些材料之上，他歸納和分析早期粵語的語法特點，發現了不少鮮為人知的現象，提出精闢觀點。以下略談兩點，早期粵語語法有趣的一面，可見一斑。

一、詳細描述早期粵語反覆問句的面貌。洪年先生在2001年發表了一篇題為 "The Interrogative Construction: (Re)constructing Early Cantonese Grammar" 的文章（收錄於 *Sinitic Grammar: Synchronic and Diachronic Perspective*，由牛津大學出版社出版），詳細總結早期粵語反覆問句（也稱為「正反問句」）的語法特點。所謂反覆問句，就是指通過謂語肯定形式和否定形式並列所形成的問句。現代粵語常見的反覆問句，包括「你食唔食飯」、「你有冇食飯」、「你食飯未」這三類。他發現，「你食唔食飯」在早期粵語並沒有出現，到了二十世紀二十年代才開始使用；「你食飯未」雖然在早期粵語有些用例，但普遍使用也是到了二十世紀二十年代；「你有冇食飯」的年代更晚，到了二十世紀四十年代才開始普遍。這樣算起來，今天這三種反覆問句的句式，歷史其實並不長。早期粵語常用的句式，例如「你明白唔明白呢」、「你識字唔識呀」、「醫生喺處唔呢」這些說法，通通被今天的「你明唔明白呢」、「你識唔識字呀」、「醫生喺唔喺處呢」所取代。早期粵語常用的「你有鉛筆冇」，已被今天的「你有冇鉛筆」所取代。早期粵語常用的「你食飯唔曾呢」和「你見過水牛未曾呢」，在今天的粵語都消失了，取

而代之，是「你食飯未呢」和「你見過水牛未呢」。從反覆問句的演變所見，粵語在二十世紀二三十年代之後，有比較大的轉變，不少所謂原有的反覆問句句式，都在那個時候消失了，而今天常用的句式，反而不到一百年的歷史。由此看來，只不過是一百多年的發展，粵語語法的變化卻如此巨大。假如再往上推，粵語的面貌又會如何？未來的日子，粵語又何去何從？洪年先生對反覆問句歷時演變的研究，見微知著，對認識粵語的歷史，有深刻的啟示，起了鑑古知今的作用。

二、發現粵語句末助詞聲調的規律。洪年先生綜合早期粵語句末助詞的聲調分布現象，發現有一定的規律，他的研究在一篇題為〈*Cantonese Made Easy*：早期粵語中的語氣助詞〉的文章中（在2009年刊登於《中國語言學集刊》）詳細報告。他根據出版於1888年的 *Cantonese Made Easy* 一書，注意到書中的助詞，按聲調分類，最常見的有高調（陰平調）、中調（陰去調）、低調（陽去調）三類，而中調的助詞，數量上超過一半。他進一步認為中調是一個「標準調高」，比中調高的聲調和低的聲調，偏離標準，所表達的語氣較強，都是別有意義的。他這項研究，不光揭示了十九世紀粵語助詞的情況，對當代粵語語法的研究，甚至對其他方言、有句末助詞語言的研究，也有借鑑的作用。

通往語言學之路

　　洪年先生從事粵語研究之路，可作為我們後學的楷模。他本屬江蘇鎮江人，生於上海，年幼時隨父母移居香港，所說的粵語，絕對是標準而地道，而且對語言的敏感度高，儘管他仍自謙「只不過是個(學)習粵語的學生」(見於 2009 年中大出版的《開新探微：中大學人群像》)。1963 年中大成立，他正好在那一年入讀中大新亞書院中文系，接受傳統的「小學」訓練，如研讀《說文解字注》、熟記《廣韻》反切和擬音等，為日後語言學研究打下扎實的基礎。在求學期間，除了國學外，他還涉獵歷史、哲學、藝術、英文的莎士比亞等，又參加戲劇表演、宗教神學討論等，興趣廣博。攻讀研究院期間，他參與趙元任先生《中國話的文法》的翻譯工作，深受該書的影響。在周法高先生的鼓勵和指導下，洪年先生以粵語作為研究方向，並以《中國話的文法》的體系為本，全面描寫粵語語法，作為碩士論文。完成論文後，負笈加州大學柏克萊校區攻讀博士，接受西方學術的薰陶，視野更為開闊。其後更留校任教，前後共二十六年。除語言學的研究外，他的研究興趣還涵蓋文學、語文教學等，尤其是在明清文學研究，甚有心得。由此可見，洪年先生在粵語研究的建樹、在語言學研究的貢獻，是建基於傳統學問的積累，也受益於廣博的學術興趣。正如

他所強調，自己的識力、思辨能力固然重要，但這些能力，是本著基本訓練，循序而進，一步一步建立起來，離不開基本功的訓練，「溫故以求識辨，通達而後創新」（見於 2015 年出版的《吐露春風五十年：香港中文大學中文系圖史文集》）。對有志於語言學研究的同學、後輩，甚至是目前關心粵語的朋友而言，應銘記於心。無論面對什麼變化，或者什麼新的挑戰，只要有牢固的根基，明辨古今原理，就能領略萬變不離其宗的道理，在學術的大路上，俯仰錦繡，一片光明。

洪年先生入讀中大，本科四年加上碩士兩年，前後共六年。出於對粵語的鍾愛，在 2004 年「回歸香港這個起點」（此語見於《開新探微：中大學人群像》），成長於斯，求學於斯，回饋於斯，擔任中大中文系講座教授，到 2010 年榮休，一共六年。榮休之後，任中大中文系榮休講座教授、中國文化研究所名譽高級研究員、吳多泰中國語文研究中心名譽高級研究員等職。在 2016 年接受新亞書院第二十九屆「錢賓四先生學術文化講座」的邀請，重返母校，作系列講座，暢談對粵語語法、文學賞析的研究心得。榮休至此，又剛好六年。俗語所云，「六六無窮」，正好象徵洪年先生跟母校淵源之深、對粵語愛護關懷之切。

關心粵語、熱愛語文的同行學子，通過洪年先生的著述，回首歷史，思考未來，欣賞語言之優美，領略學術之精深。

前 言

　　我是一九六三年進入中文大學，在新亞書院上中文系，那年我剛好十七歲，新亞還在農圃道。十七歲的小伙子好奇心特重，對什麼都感到興趣，所以我什麼樣的課都想去修讀或旁聽。中文、英文、哲學、歷史、藝術系的課都上過一些。那個年頭，新亞是名師如雲，除了校長錢穆先生以外，還有中文系的潘重規先生、哲學系的唐君毅先生、英文系的張葆恆先生、藝術系的王季遷先生、歷史系的牟潤孫先生。我雜七雜八的上課，半懂半不懂，但總算是初入堂廡，眼界漸開。我們中文系那年一年級只有二十一個同學，大家一起上課、吃飯、參加不同的活動，一邊讀書，一邊玩樂，快活不知時日。

　　錢先生是一九六五年離開新亞。那時我已經是大二的學生。在那兩年中，我沒有上過錢先生的課，但是錢先生的講演，我們都盡可能去聽。錢先生口音很重，我雖然會說上海話，但是兩年下來，還只能聽個大概。錢先生很喜歡下午時分，在新亞長廊上

來回踱方步。他個子不大，但是在夕陽斜照底下，他背後的身影很長。我們這些十七八歲的小青年，從教室的窗戶，或是在籃球場的欄杆旁邊，望著錢先生的身影，一代宗師的風範，我們都有時候看呆了。也許是太年輕了，心態懵懂，只知道景仰，而不知道景仰背後該做些什麼。我們的系主任潘重規先生，師從黃侃先生，學問淵博。有一天，他在飯後和我們閒聊，說起他自己讀書的艱辛。三千年的經典，他在故紙堆中，埋頭苦讀二十年，這才稍稍明白別人提出任何一個小問題，背後其實都牽涉到一些更大的問題，自己這也才敢略略表示自己的看法。學海無涯，他語重心長地說，要是同學還不到二十歲的也許可以再玩一些日子，要是已經過了二十歲才開始認真唸書，那就為時已晚。當頭棒喝，我們這才漸漸收拾起玩耍的心，打開書本，好好地跟老師學習。

二零零四年，我回到中文系工作。馬料水的中大跟我從前在農圃道上學的新亞書院不很一樣，原先不很習慣。幾年下來，漸漸熟悉學校的新制度，對新環境也漸漸產生感情，和老師共事，和同學共同學習。是機緣巧合，讓我有這個機會重新投入中大，在中文系任職，參與各種教研和文娛活動，從真實經驗中體會到什麼是我們新亞「結隊向前行」的精神。我們中文系五十年前的名師宿儒雖然不再，但是新一輩的老師，人才濟濟，各有自己的研究專長和視野，我從他們身上學到許多。前後六年，同學對我的

影響也很大。年輕人的朝氣活力，勇於嘗試、勇於拓新，正是我們做學問最大的原動力。二零一零年，我退休後重返美國故居。

　　我這次承新亞書院的邀請，三月間前來參加錢賓四先生學術講座，發表論文，實在感到慚愧和惶恐。錢先生是國學大師，他的學問是究天人之際，通古今之變。他當年南來，艱險奮進之際，創辦新亞書院，繼承我中華人文精神。這種對學問和正義的執著、為繼往開來所作的努力，是錢先生給後學樹立的典範精神。我回首過去，無論在教學或研究方面，自己都是乏善足陳。兩年前，信廣來教授和黃乃正教授兩位前後院長力邀來訪，我的反應是這絕對不可能。我只是一個對語言稍有研究的人，蚍蜉漏見，所知實在有限。怎敢承擔這如此重要的任務？我們談了很久，兩位院長盛意拳拳，我感到卻之不恭。我翻看這許多年來擔任講座的先生都是博學鴻儒，大塊文章，發人深省。我想要是能從語言學的角度討論一些問題，提出一些個人的看法，也許可以提供給各位老師同學參考。考慮再三，我終於不揣其漏，大膽地把擔子接過來。學問之路艱險奮進，原無止境。我的看法就是有粗疏不成熟之處，相信諸位先生一定有以諒我。

　　我從上研究院開始，研究重點一直是放在語言學上。但是這許多年來，我對文史哲各個領域的興趣從來沒有丟下。這也許是

因為文史哲的研究都離不開語言文字。倉頡造字，開啟中國幾千年的文化傳統。文字本諸語言，但口語相傳還往往有賴文字記錄。所謂文以載道，「文」可以理解為表達「道」的形象工具。道可道非常道，道和文之間所表達的雖有偏差，但是道德五千言，還是離不開語言文字。玄奘西域取經，韓愈文起八代之衰，五四倡白話代替文言，哪一種人文工作不是從語言開始？我以前在美國教書的時候，我們的系叫 Department of Oriental Languages。有人問為什麼不叫 Oriental Languages and Literature？又或者叫 East Asian Civilization？我們都知道 Oriental 一詞在七八十年代受東方主義研究興起的影響而被淘汰。至於 language 一詞的概括面是否全面恰當？當時系裡年長的同事說，所有的文化文史研究，都是以語言為根本。所以用 language 一個字，就可以照顧到整個文化大範疇。我們系本身就兼顧語言、文學兩大範疇，同時也要求外系老師參與教學，從理論討論到材料掌握，進行跨系、跨範疇的研究，拓寬各人自己的視野和識見。

語言學涉獵面其實很廣，舉凡任何和語言甚至文字有關的現象，都值得深入探討和分析。我的研究重點放在漢語，對歷時和共時變化的觀察、對方言之間的異同、對漢語教學所面對的各種課題，我或多或少都做過一些研究，發表過一些文章。不過這許多年來，我的興趣一直集中在粵語。我在中大上研究院的時候，

老師是周法高先生，他讓我寫粵語語法，這就決定我接著幾十年的研究路子。我來美國唸書，老師是張琨先生，他讓我寫敦煌語法，啟發我從歷史角度切入，探討歷時語法變化的軌跡。九十年代中期以後，我開始搜集有關十九世紀粵語的老材料，研究早期粵語。我在香港工作期間，得到香港政府大學教育資助委員會的資助，讓我能集中精神在這方面做深入的研究，建立資料庫。我前後發了一系列有關早期粵語的文章，特別是擬構粵語在這快兩百年間的語音和語法遞變規律。這次講座，就把一部分的研究分成兩講，藉以描述早期粵語中一些特殊現象。第一講是有關粵語語法，利用早期傳教士等編寫的粵語口語教材，摘取其中一些特別用例，究其所以，進行一種比較有系統的語法分析。第二講的重點是粵音，所用的材料是一份1866年編製的中英雙語地圖，把其中有關香港、九龍和新界一帶的地名，歸攏在一起，考察當時地名註音所代表的到底是什麼語言？是早期粵語，還是別地方言？我們可以再進一步對比十九世紀的讀音和今日二十一世紀粵語的發音，從同異中找尋這一百多年語音演變的痕跡。兩講所據原有文章都在文中一一列明。

至於第三講，我選了一個文學的題目，討論魯迅的小說。我不是研究文學的人，但對文學、特別是小說別有偏愛。我曾經教過古典和現代小說，也寫過一些有關文章；但因為不是科班出

身，沒有接受過正式的訓練，討論未免有嫌是野狐禪。我研究語言，因為我相信任何一個人張口吐舌，發放聲音，每個聲音、每個詞語、每個句子，都是按著一定的規律組合，表達自己心中想表達的意思。要是在聲音高低、用詞造句方面，略有挪動，那麼表達的意思或語氣也就有所不同。要是我能從語言表面呈現的現象而理出語言背後的規律和變化，那麼我想研究文學也應該可以循著同樣路子，解構文本。文學創作，嘔心瀝血。一字一句背後又何嘗不能說明作者寫作時的用心良苦？我就是想從小說的文字中找出文字背後所蘊藏的涵義。我這次討論的是魯迅名作《祝福》。野人獻曝，我講演的時候，在座許多都是研究文學的專家學者，我戰戰兢兢之餘，最後用了「魯班門前說魯迅」一句作為結語，就是為了向聽眾表示我由衷感到的不足。

這次講演的稿子，承中文大學出版社不棄，輯成小書。書名就以《一切從語言開始》為題。文章按講演形式發表，以口語為主，文字略作潤飾。文中不詳列腳註或引用書目，但是在討論中有必須交代的地方，就另作說明。三講部分內容曾在不同學術會議上發表，有關粵語的兩講則根據已發表多篇文章修改成稿，討論部分較簡略，詳細內容請參看原文。書前附有鄧思穎教授為講演撰寫的講著簡介，謬譽有加，實在愧不敢當。

我研究粵語的計劃，前後得到片岡新、郭必之和姚玉敏三位先生多年的鼓勵和協助，在香港講演的那三天，在場聽眾提出許多寶貴的意見，供我參考，銘感之心，非語言所能形容。新亞講演是陳佩瑩小姐負責一切，籌備工作前後進行幾近一年，會前會後的許多細節和活動，都是她一手包辦。這次講演一切進行順利，陳小姐居功至大。在港期間，得到大學各同仁熱心的招待，實在感激。特別是新亞書院的黃乃正教授、朱嘉濠教授、陳新安教授，中文系的何志華教授、鄧思穎教授，在百忙中抽空主持講演、設宴款待，再三多謝。演講後，得到出版社社長甘琦女士、經理黃麗芬女士、和編輯葉敏磊女士、余敏聰先生全力策劃出版事宜，萬分感激。第一講承黃俊浩先生按當日演講發言謄寫全稿，以便修訂，而三講全文蒙彭佩玲小姐細心校正，費心勞神，在此一併多謝。我特別要借這個機會向陳志新先生表示感謝。這許多年來，陳先生大力支持新亞書院的活動。因為他的慷慨情懷，新亞才能每年如期舉行錢賓四先生學術講座，讓各地學者有機會來到新亞進行學術交流，秉承新亞精神，十萬里、五千載，共同結隊前行，向著不同研究領域共同邁進。

我研究粵語，但粵語並不是我的母語。我原籍江蘇鎮江，生於上海，在香港長大。我能說粵語，但總有外鄉人的腔調，但是在新亞上學的時候，同班同學常常糾正我的發音。我能說國語，

其實也是在新亞接受的訓練。當年我們必得修讀國語，老師是王兆麟先生。他是北京人，教我們說國語，一個字一個字的調教、一個一個聲音的改正。有人說我是雙聲帶，其實都是從新亞開始。總其言，我的一切從十七歲到今年七十歲都是新亞給我的機會，讓我成長。十七歲的我是充滿好奇的小伙子，七十歲的我是個衷心感到滿足的老人。不過，我還是充滿童真的好奇心，對什麼都會感到興趣，只是有時候會感到力不從心。我家住在加州三藩市附近一個小城，叫小山城。後院向東，前門朝西。每天早晚都可以看到雲起雲落的景象。我知道，我在院子裡一坐，坐看雲起時，就會想到遠隔重洋的雲起軒、雲起軒裡的大碗牛肉麵、雲起軒中的諸位好友。

張洪年序於小山城

2016年深冬

第一講　語法講話：
　　　　傳教士筆下的舊日粵語風貌

提　要

地有南北，時有古今。今日香港流行潮語，也就是説語言有老派和新派的區別。今天的潮語，也許就是明天的舊話。老與新之間到底有什麼分別？什麼年代的語言算是老派？怎樣的語言才算是新潮？老和新之間有什麼承傳的關係？變化之中是否呈現一定的發展規則？我們假若能從時間隧道往回走，回到兩百年以前的香港，我們還能和那個時代的人交談嗎？那年代的語法規則到今天還是歷久彌新嗎？十九世紀傳教士來華，曾經編寫多種語言材料，記錄當日的口語對話，保留當日語言原來的遣詞造句習慣。我們仔細翻閲，不難從中看到舊日粵語是怎樣一個語言。

本文特選取一些語法現象，排比各年代的粵語材料，觀察這些現象的異同。希望通過歷時的探討，能夠重構語法變化的軌跡，並嘗試解釋發生變化背後的原因。

1. 「地有南北，時有古今」，這是研究語言最大的兩條規律，最能說明語言因時因地而發生變化的現象。因為「地有南北」，所以同一個語言會有各種方言。中國有八大或者十大方言，而每種方言底下又可以細分為許多小方言。各方言之間的差異，有時很大。譬如操吳語人和說粵語的人一般難以交談，就算是同屬吳語的上海話和無錫話、或者是同屬粵語的廣州話和台山話，也往往會是「雞同鴨講」，彼此溝通不來。另一方面，語言也會隨著時代而演變，這也就是所謂的「時有古今」。今人說話和古人固然會有所不同，就算屬於同一個時代的人，長一輩和年青一代的人也各有自己說話的特點。我們試以粵語為例，新派和老派的廣東話，無論在語音、語法或詞彙層面，都不盡相同。

我記得多年前坐火車進來中文大學，在車上聽見一個年輕人對另外一個人說：

「你pay我？」

句末語氣上揚，這分明是一個問句，又或者是一個反問句。但是這短短三個字的問句，到底是什麼意思？我一時愣住。也許是把英文的pay放進粵語句子，意思是問：「你要付我錢嗎？」中英夾雜，原是港式粵語的特色。後來再細聽下去，這才知道他的意思大概是在說「你玩我？」又或者是「你跟我開玩笑？」。粵語中的

「玩」可以有「耍」或者「捉弄」的意思。這種用法在二十世紀九十年代已經開始流行。可是「玩」怎麼會說成 "pay"？幾經思索，我終於明白，他想說的其實是「你 play 我？」。這短短一句背後所反映的是語言中幾層轉換，頗不簡單。先是在詞彙層面把粵語的「玩」轉換為英語的 "play"，接著是在語音層面進行替換。因為粵語沒有 pl- 這樣的複輔音組合，所以就改成簡簡單單的一個 p- 聲母。謎團想通了以後，我很高興，粵語的變化靈活，有時真是匪夷所思。不過，「你玩我」這種說法並不存在於我的字典詞彙中。我從小在香港長大，六十年代末離開香港。所以我的粵語大體是停留在六十年代的語言環境。我們那個年代，沒有「玩」這種「捉弄」的意思，更沒有假借英文 "play / pay" 這種語言遊戲。我們當時用什麼樣的字眼？我們會說「整蠱」，我們會說「搣化」。也許，「搣化」使用的年代比「整蠱」更早。所以從時代上來看，這幾個詞的出現前後就代表語言上歷時變化的幾個階段：

1950 年代　　搣化
1960 年代　　整蠱
1990 年代　　玩
2000 年代　　pay

我 2010 年離開香港。在退休以前，我曾經問同學當今最新最流行的說法是什麼？當時有同學說是 "fik"（高平調）。這種說法，我實

在是聞所未聞；這個詞的來源，還有待細細考證。時移詞易，現在已經是2010年代的下半期，也許又有更新的說法，更逗人興趣。不過就這一個有關詞彙變化的現象，已經可以充分說明所謂「時有古今」的道理。語言有自己的生命，人會長高長大，語言也會不斷變化。十年人事幾番新，幾十年的語言，更是新舊替換，歷經多種轉變。

當然，我研究粵語，會以我自己說的廣東話作為基本的研究對象。但是我的粵語最早也只能推到二十世紀四五十年代而已。那麼五十年代以前的語言，我們再從什麼地方去找尋例證？研究歷史，第一所需要的就是歷史材料。沒有材料，我們就算有再大的雄心壯志，也無從著手。漢語向來是語文分家，嘴裡說的話和寫下來的文字，可以差別很大。粵語主要是一種口說的語言，很少以粵語入文。五六十年代的香港報章，有時候會把口語寫入小說或報導中，三四十年代製作的電影中偶爾會有粵語對白。但是再往上推，我們還可以從哪裡挖取材料，找尋實證？要打開這一扇歷史窗戶，怕不容易。

不過，我可以很高興地告訴大家，粵語有一系列非常寶貴的口語材料，上可推到十九世紀初期。原來早年有許多西洋傳教士、商人等遠來珠江三角洲一帶工作，為了要和當地的人士溝通，於是勤於學習粵語。為了學習粵語，於是就有些有心人編寫

了很多有關粵語的教科書和字典一類的教材。這些材料主要是按照當時的口語編制，用漢字書寫，用英文翻譯，中英對照，一目了然。更重要的是這些材料還採取羅馬註音，把當時實際的語音，如實記錄。我們根據這些記錄，細細查看，可以推想到當時人說話的實況，這一點實在難能可貴。我們今天試把這些十九世紀的教材和二十世紀中期以後的材料，結合起來一併研究，我們可以擁有將近二百多年連續不斷的語言記錄。當然，在歷史的視窗中，兩百年其實是一個很短的時段，這兩百年的記錄在綿長的語言變化歷史中，只是一個小環節。但是就從這兩百年的發展來看，我們還是可以觀察到一些特別的語言變化現象，讓我們對自以為十分熟悉的粵語和它的發展歷史，可以有一個重新的認識。

2. 我今天就是想借用這些材料，對早期粵語進行初步的探討，描述一些語言現象，提出一些我個人對粵語發展的看法，供大家參考。但是在沒有進入正題之前，我想先給大家介紹一下這些早期語料的大概情況。

現存最早的粵語語料當數1828年 Robert Morrison 編寫的《廣東省土話字彙》，

英文書名是 *Vocabulary of the Canton Dialect*。Morrison（1782–1834）是英國來華的傳教士，中文名字是馬禮遜，香港沿用的翻譯是摩利臣，今日港島的摩利臣山道就是以他命名。《字彙》全書共分三人部分，包括詞彙、熟語和對話，中英和粵語拼音並排，一目了然。英文翻譯常常會分成兩部分，先是一字一字的對譯，接著是整句的翻譯。我們現選取其中一頁為例，略略說明 Morrison 的記錄怎麼反映當時粵語的特點。

Ne seong shik măt yay, 你想食乜野 What do you think of eating?

Ne chŭn, chung tsow, 呢陣重早 Now, it is still early.

Ne mo ko tsung ta foo tăw, 你莫個總打斧頭 You altogether not strike with the hammer—Don't chop off and pocket a part of the price—tell exactly what you paid for it.

Ne pow pow shang e how ah? 你寶舖生意好呀 Your precious shop's trade good?—precious is complimentary.

Ne ke she fan lei, 你幾時番黎 When will you return?

Ne yăm cha, im yăm? 你飲茶唔飲 Have you taken tea?

Ne tso shune lei ah, 你坐船黎呀 You sit boat (or ship) come—eh? Did you come by water?

Ne kew kuy fai ţe lei, 你叫佢快的黎 You call him make haste come.

Ne ke she buy kwei, 你幾時去歸 When do you go home?

Ne im shik kuy ah? 你唔識佢呀 You not know him—eh?

Ne huy tseng seen shang lei, 你去請先生黎 Go and request the Teacher to come.

Ne shik fan me tsăng? 你食飯未曾 Have you eaten rice or not yet? Have you dined?

這一頁取自《字彙》第二部分，共十一句。第一句是「你想食乜野？」句子左邊是這句話的羅馬註音，右邊是這句子的英文翻譯："What do you think of eating?" 接著的一句是「呢陣重早」，英文翻譯是 "Now, it is still early." 這兩句話跟我們今天說的粵語並沒有什麼大分別，這也就是說《字彙》記錄的應該是地道的廣東話。

我們現在再看用底線畫出的四個句子。

第一個句子是：

「你莫個總打斧頭。」

Don't chop off and pocket a part of the price.

「打斧頭」原先是粵語中常用的一個熟語，相當於漢語中「揩油」或「佔小便宜」的意思，這種說法在今日粵語中可能已經不太流行。同一句子中的「莫個」，就是「別」的意思，是一個表祈使的否定詞，把「莫個」放在動詞語「打斧頭」之前，就相當於今日的粵語所說的「唔好打斧頭」。我們翻查早期語料，這種「莫個」的用法只出現在十九世紀左右的語言，二十世紀以後已經消失。

第二個句子是：

「你飲茶唔飲？」

Have you taken tea?

這是語法中所謂的正反問句。同樣的問句在今天的粵語中會說成：「你飲唔飲茶？」「飲茶」是一個動賓結構，正反問就是把表正面的「飲茶」和表反面的「唔飲茶」並列：「飲茶＋唔飲茶」，然後把重複的賓語部分加以省略。不過到底是省略前邊的「茶」還是後邊的「茶」，古今做法不一樣。《字彙》是省略後邊的賓語：「飲茶唔飲？」現代人一般不這麼說。今日粵語是省略前邊的賓語：「飲唔飲茶？」但是這樣的句構，古人不用。我們要是翻看一些材料，發現有些像「你飲茶唔飲？」、「你去街唔去？」、「你打斧頭唔打？」這樣的句子，我們可以肯定的說，這些一定不可能是二十一世紀的語言。

第三個句子是：

「你幾時去歸？」

When do you go home?

「去歸」就是「回去、回家」的意思。「去歸」、「翻歸」都是老派詞語，也許在所謂的粵語殘片老電影中，偶爾會聽到這樣的說法。

第四個句子是：

「你食飯未曾？」

Have you dined?

其實這也是上面所說的「正反問句」，正面是「食飯」、反面是「未曾食飯」，省略的部分是後面的「食飯」。同樣的問句，今天會說：「你食咗飯未啊？」我們這裡特別注意的是放在問句末端的「未曾」。這樣的組合，今天的年輕人聽起來會覺得奇怪。他們也許會聽過年紀比較老大的人說「你食過飯 mieng 啊？」，mieng 其實就是「未曾」的合音。這是老派粵語十分常用的問句形式。

我們就這麼簡單一頁的幾個例句，已經可以看到十九世紀的粵語和今天的粵語無論在用詞或造句方面，都頗有分別。《字彙》成書在 1828 年，距今 188 年。兩百年下來，語言發生變化自然可以想見。但是我們有這樣確實的文獻記錄在案，讓我們可以對比古今，探究歷時變化的軌跡，有憑有據，實在是非常珍貴。

我接著想介紹 1841 年出版的 *Chinese Chrestomathy in the Canton Dialect*。這是一位美國學者 E. J. Bridgman 編寫的大部頭專著，全書七百多頁，介紹中國文化和語言。引言部分詳細說明粵語的語音、辭彙、語法特質。正文分章教授語言，每頁分三欄，依次為英文、漢字、和粵語註音。每課課文都附有詳細英文註釋。我們這裡只展示第五章第五節一部分的課文：

清晨洗面打辮	‹Ts'ing ‚h'an ‘sai mín² ‘tá ‚pín.
倒乾淨個痰罉	'Tò ‚kôn tsing² kó' ‚t'ám ‚kún'.
鎖理衣服櫃桶	'Só ‚mái ‚í fuk‚ kwní² ‚t'ung.
你睇我件衣服	‘Ní 't'ai ‘ngó kín‚ ‚í fuk‚ ohóuk‚ ‚ta'ni ‚ching ní²?
着齊整未	
等我同你扯正	'Tang ‘ngó ‚t'ung ‘ní 'ch'é ching² ‘há kó' kín² ‚í fuk‚ ‚é?
吓個件衣服喉	
揢頭髮衫過我	'Pí ‚t'au fát‚ ‚shám kwó' ‘ngó.
你擺好我個張	‘Ní ‘pái 'hò ‘ngó kó' ‚chéung ‚shó ‚t'au ‚t'oi ‚'m ‚ts'ang á'?
梳頭檯唔曾呀	
撐開我個鏡妝	‚Ch'ang ‚hoi ‘ngó kó' king' ‚chóng.

　　這課課文第一個句子是「清晨洗面打辮」，也就是說早上起床以後的工作，洗臉打辮，都是讓下人服侍。梳理頭髮需要穿上特別的衣服，以免把原來的衣服弄髒，所以接著的一句是「揢頭髮衫過我」。句子的意思很清楚，是主人囑咐傭人的話語。值得注意的是句子的結構。這是一個所謂雙賓語的句構，動詞「揢」之後有兩個賓語，一個表物件的直接賓語「頭髮衫」，一個表示受事的間接賓語「我」。句子中的「過」正是標誌這受事的身份。但是翻看今天的粵語，我們一般只說「俾件衫我」，而不太會說「俾件衫過我」。換言之，雙賓語句構中使用「過」作受事標誌的說法，在現代粵語中已漸漸消失。

寫字
'SYE CHI·

一 我 想 寫 一 封 信 去 我 嘅大老。
'ngo 'seung 'sye yat, ʃung san' hü' 'ngo ke' tái' 'ló

二 俾一張 紙遞我,得嗎。
'pí yat, ʃcheung 'chí ko' 'ngo tak, 'ma

三 你要也野紙呢
'ni íu' ˌmí 'ye 'chí ˌni

四 我要信紙。
'ngo íu' san' 'chí

五 一刀紙,有幾多張呢。
yat, ˌtó 'chí 'yau 'kí ˌto ˌcheung ˌni

　　上面這一本粵語教材，書名叫 *Chinese and English Phrase Book in the Canton Dialect*，由 Thomas L. Stedman 和李攀龍合著，1888 年在美國紐約出版。

　　我們舉例的這一課題目是「寫字」。課文中有這麼一句：

　　我想寫一封信去我嘅大老。

這樣的句子，倘若按今天的粵語語法來看，老師一定認為是一個病句。正確的說法應該是：

　　我想寫一封信去<u>俾</u>我嘅大老。

原句少了一個「俾」。我原先看到這句子，就以為是印刷錯漏而已。後來翻閱各課課文和其他材料，發現不用「俾」的例子頗多。例如今日粵語說「你擰啲嘢嚟俾我」，十九世紀就可以只說「你擰啲嘢嚟我」。說的人和聽的人都不會覺得有什麼不妥當的地方。

　　課文裡接著的一句是：「俾一張紙過我，得嗎。」這也就是上面提過雙賓語句子用「過」作標誌的句構。上下兩句，都和今天粵語的說法有別。顯然二十一世紀的粵語有自己獨特的面貌。這一本粵語教科書 *Chinese and English Phrase Book in the Canton Dialect* 還有一個中文書名叫《英語不求人》。原來書中各課的例句都是中英對照，而且各自配上註音，所以在美國居住的中國人也可以根據書上英文句子的註音，學習英語。一書二用，可見編者用心良苦。

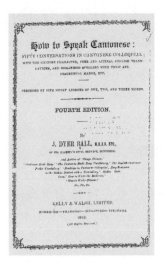

這許多十九世紀的語法特點，到了二十世紀早期的教材中也還保留下來，我們這裡特別舉出 1912 年由 Dyer Ball 編寫的 *How to Speak Cantonese* 為例。但是我們選取這本書為例子的重點不在於重複這些新舊語法的異同，而是試從文化角度來看書裡一些另有寓意的有趣例子。以下這一段是一個中國人和一個西洋人的對話：

「真正好笑咯。你哋番人唔中意人哋叫你番鬼，係唔係呢？」

「我請問先生一句呀。」

「好喇，乜嘢呢？」

「若有人稱先生做鬼，先生願唔願呢？」

「確實唔願咯。」

「先生唔願，先生估我願咩？我算先生係失禮咯。」

短短的一段對話，在溫和的語氣中，不乏針鋒相對之處。十九、二十世紀期間，華洋雜處，其間不難發生歧見和歧視。這課課文上所描述的稱謂上的失禮、語言上的矛盾，正呈現當時中國人和西洋人之間潛在的矛盾和張力。

編寫粵語教材，其實不止是配合西方人學習粵語的需求。珠江三角洲一帶，還住上許多來自別處說方言的人士。粵語既是當地主要的方言，所以外地人也有同樣學習粵語的需要。我們這裡再舉一本書為例。盧子房1930年代出版一本教科書，教導一些以潮州話為母語的人士學習廣州話。書名是《註音廣州話》，顧名思義，課文使用當時頒行的註音符號給每一個漢字都註上粵語發音，以便學習。書裡有這麼一段對話：

「李先生你嘅廣州話喺邊處學嘅呢？」

「細佬喺盧子房先生處學習嘅。」

「佢嘅教法好唔好呢？」

「至好。」

「因為佢嘅教法好，講義又編得好，咁就快趣咯嗎。我睇學廣州話頂有益嘅。就係遇著啲廣府佬會同佢傾偈，可以通情達意，暢所欲言。如果唔會講呢，就俾人睇做一個唔曾見過世面嘅潮州佬咯。」

作者勇於自我宣傳，招徠有術。但字裡行間，很清楚說明當時大小方言之間地位並不對等，廣州話是當時的優勢語言，外地人急於學習，以便應對日常所需，提高自己的社會地位。

　　以上所舉的幾種教材，橫跨十九、二十世紀早期，內容豐富。這些年來，我一直在搜索早期粵語語料。迄今，我找到的大概有二、三十種不同的教科書和詞典，最早的是1828年的《廣東省土話字彙》，一直到1963年由耶魯大學出版的 *Speak Cantonese*。這些材料，有的是我從不同的圖書館裡找來的，有的是朋友和同事們借給我參考使用。當然，在這以後還有很多很多新的材料，但是為什麼我的時代下限定在1963年？理由很簡單。1963年我已經在香港上大學，所以我可以用自己作發音人或發言人，研究我自己和周遭的人所說的活生生粵語。在我搜集的材料中有一本是趙元任先生在1947年出版的《粵語入門》，這是一本經典作。

趙先生是語言學研究的一代宗師，向來被譽為中國語言學之父。趙先生不是廣東人，但是他能說流利的粵語。我曾經和他用粵語交談，口音標準。《粵語入門》書前綜論部分對粵語進行詳盡的分析，至今還是我們研究粵語最基本的參考書。

二十一世紀以來，有許多學者把這些材料編輯成各種電子檔案。以下是三個比較常用的早期粵語語料庫：

一、早期粵語口語文獻資料庫，張洪年主編；
（http://pvs0001.ust.hk/Candbase）
二、早期粵語標註語料庫，姚玉敏主編；
（http://pvs0001.ust.hk/WTagging）
三、香港二十世紀中期粵語語料庫，錢志安主編。
（http://corpus.ied.edu.hk/hkcc）

這些語料庫選取的材料時代和種類各不相同，上網檢索，可以一覽語言中許多有趣的現象。

3. 我從九十年代末就開始研究早期粵語，抽取材料，觀察分析各種語言現象。我今天的報告就是從我這些年的研究中選取一些和語法有關的課題，從歷時的角度來闡述粵語演化的過程，並希望通過語料的整理和分析，能進一步說明為什麼會發生這些變

化，而且是在什麼時候發生。有關選用的早期粵語語料，請看附錄（頁46–47）。

我們先看一個比較簡單的語法現象。粵語中有一個常用的虛詞「咗」，加在動詞之後，表示動作的完成。在語法上，我們一般稱之為表完成體的動詞詞尾，相當於現代漢語中的「了」。例如：

（1a）食咗　　　　（吃了）　　　Verb＋咗

（1b）食咗飯　　　（吃了飯）　　Verb＋咗＋Object

（1c）食咗飯未？　（吃了飯沒有）Verb＋咗＋Object＋未？

（1a）句是「動詞＋咗」的組合；（1b）句是動詞帶賓語，「咗」出現在動和賓之間；（1c）句是正反問句，表示否定的「未」放在句末，早期粵語可以説：「食咗飯未曾？」

我們翻看早期粵語語料，發現當時的語言根本沒有「咗」這個詞尾。請看下面的例子：

（2）我嘅錶壞咻，同我整好佢。　　（Stedman/Lee 1888）

My watch is out of order, please repair it for me.

「壞咻」的註音是wai heu。我第一次看到這個例子的時候，還以為這是一句髒話。後來才發現「咻」的用法在十九、二十世紀的材料中十分普遍。例如：

（3）出世就盲咻眼。 （Ball 1908）

... to be blind from birth.

這兩個句子都附有英文翻譯，「壞咻」應當就是「壞咗」的意思，「盲咻眼」就相當於「盲咗眼」。到了二十世紀以後，「咗」開始出現。有的時候，「咻」和「咗」甚至會一起出現，例如：

（4）你淋咻呢啲花未呢？我今早淋阻咯。 （Ball 1912）

Have you watered these flowers? I watered them this morning.

（5）鎮邦街燒咗一概，連阜安街都燒咻好多。（譚季強 1930）

早期材料中「咗」會寫作「阻」，發音相同。(4) 和 (5) 兩例，都是一句用「咻」、一句用「咗」，前後對舉，更能說明二者功用一樣，同表動作的完成體。更有意思的一點是，同一個語法功能，可以有兩個標誌，自由替換。這也就是說在十九世紀的時候，表完成的標誌原先只有「咻」，在二十世紀中期以後只有「咗」，而從「咻」過渡到「咗」的變化一定是在二十世紀中期以前發生。我們從早期語料中，歸納「咻」和「咗」出現的頻率，大體可以整理到如下這個發展趨勢：

(6)	Verb + 唭	Verb + 咗
1888	100%	0%
1908	74%	26%
1912	60%	40%
1927	49%	51%
1935	9%	91%
1947	0%	100%

我們這裡雖然只列舉某些語料作為統計根據，但是數據清晰說明，「咗」是後起的語法標誌，早期只有「唭」，從「唭」過渡到「咗」這個過程，是在十九世紀末到二十世紀中這五十年之間發生。整個替換的時代前後、變化速度都可以從語料中找到真憑實據，不容置疑。

要證明語言中發生的歷時變化，我們只有從歷時的語料中找證據。「唭」/「咗」給我們提供一個非常好的例證。不過證明一個語言中的歷時變化，並不代表我們可以說明語言中為什麼會發生這樣的歷時變化。我們都知道現代漢語中表完成的「了」是來自動詞「了」，從動詞「了」到詞尾「了」的變化是一般所謂的語法化或虛化過程。那麼粵語中表完成的詞尾，不管是早期的「唭」、還是後起的「咗」，到底來自何處？這些語料並沒有給我們提供什麼有用的線索。我曾經做過一些研究，提出一些看法（請參考 Cheung

1997），但未成定論。也許將來會發現更早的語料，可以讓我們更進一步擬構這語法變化的軌跡和緣由。

4.　我們接著就再看另一個語法現象，這其實是我這次講演的重點，希望能從更多的語料中找尋例證，從不同的角度對這些例句進行比較深入的探討，從而提出一個比較全面的分析，進一步了解今日粵語中一些比較特殊的語言現象。

　　我們上面舉例是從一個語法現象出發，觀察在不同時代，粵語可以用不同的語法標誌（啉／咗）來表示同一個語法功能（完成體）。我們底下舉的例子恰恰相反，集中討論粵語中「個」字的用法。同一個標誌「個」，在不同時代可以擔任不同的語法功能。這形同實異的現象究竟是無意的巧合？還是這些不同功能之間互相關聯，呈現歷時延伸發展的關係？我們這就試從語料中找尋端倪。

4.1.　「個」是漢語中常用的一個量詞，和指示詞、數詞結合，出現在名詞之前，例如：「一個人」、「這個人」。粵語中「個」的發音是 [kɔ 33:]，聲調是陰去，屬粵語九調中的第三調，確實調值是33:；也就是中平調。在以下的討論中，我們就把這量詞「個」標寫作 KO3。

　　粵語中另有一個指示詞，表遠指，一般寫作「嗰」，發音是 [kɔ 35:]，相當於現代漢語的「那」。例如「嗰個人」就是「那個人」

的意思。「嗰」的聲調是陰上，屬粵語九調中的第二調，確實調值是35:，也就是高升調。我們就把這指示詞「嗰」標寫作KO2。

量詞和指示詞都是語言中常有的詞，而粵語中的量詞「個」KO3和指示詞「嗰」KO2字形有別，發音也不完全一樣，分明是兩個不同的個體。但是「嗰」是方言俗寫，並不代表原字；在發音上，兩個詞除了在聲調有陰去和陰上的分別以外，聲母、韻母卻完全相同。那麼「個」和「嗰」之間會不會有怎麼樣的一種關係？耐人尋味。

我們這樣追問並非憑空想像出來。許多研究語法的學者都指出漢語方言中，「個」常常身兼兩職，既是量詞，又是指示詞。請參考前人論述。假如粵語是遵循同樣的演變軌跡，由量詞而延伸到指示詞的用法，那我們得問一個問題：為什麼原來屬於去聲的「個」從量詞發展成指示詞的用法時，聲調會從去聲改讀成高升的陰上調？

（7）個 KO3 　→　 嗰 KO2

　　量詞　　　　　指示詞

這一種聲調變化，前人也有所解釋。我們都知道粵語中有所謂變調的現象，由來已久，許多原來讀其他聲調的字，在口語中常常會讀變調。而最常見的變調正是35: 高升調，也就是陰上

調。例如:「房」原來是陽平,口語改讀35:;「蛋」原來是陰去,口語改讀35:;「玉」原調是陽入,口語改讀35:。高升變調的例子,不勝枚舉。所以「個/嗰」轉讀高升變調,並不奇怪。不過,假如我們要接受這樣的解釋,先得考慮三個問題:

第一,如果「嗰」是來自「個」,我們就得先證明「個」和「嗰」是否原先都讀本調第三調?

第二,假如這變調確實是從第三調變作第二調,我們要說明這變調現象是在什麼時候發生?

第三,我們也需要說明這樣的變調是在什麼條件底下發生?

要是這三個問題,我們都能完滿回答,我們才能夠接受這種歷時變化的說法。要不,我們就得另尋答案。

4.2. 我們先翻看手頭最早的材料,也就是1841年Bridgman的 *Chinese Chrestomathy in the Canton Dialect*。書裡有這樣的例子:

(8) 個個人個隻眼係乜野症?

　　KO3　ko3

　　What is the disease in that man's eye?

句子中下加橫線的「個」,應該是指示詞,相當於漢語的「那」、英文的 that。這個指示詞「個」的聲調是 KO3,而不是 KO2。請注意句子一開始有「個個人」的組合,翻譯是 that man。也就是說「個

個」這組合是「指示＋量詞」的配搭，同用一個漢字，聲調同讀KO3：KO3 + ko3。這例子正正可以證明在十九世紀中，「個」字兩用，既是量詞，也可充當指示詞，聲調無別，都是第三調。為分辨兩者，我們在拼音上把量詞「個」用小草拼寫：ko3，指示詞「個／嗰」用大草拼寫：KO3，以示區別。

我們往下推看，1947年趙元任 *Cantonese Primer* 有同樣的「指示＋量詞」組合：

(9) 嗰個呢，嗰個係乜嘢呢？

KO2 ko3

And that? What is that?

表指示的「個」已經改成帶口字偏旁的「嗰」，而聲調也標作KO2。表「指示＋量詞」的「嗰個」組合，聲調是2＋3。去上有別，和今天的情形一樣。

我們試把上面二例對比來看，表指示的「個／嗰」，聲調顯然是從KO3轉變成KO2，而這變化應該是在十九世紀五十年代到二十世紀五十年代這百年之間發生的。語料中把這變化的時間上限和下限都很清楚地劃分出來。我們是否可以根據更多的語料再作進一步研究，具體説明整個變化的過程和進展？

1856年，Samuel W. Williams（衛三畏，1812–1884）出版了

A Tonic Dictionary of the Chinese Language in the Canton Dialect（《英華分韻撮要》）。書裡有這樣的例子：

（10a）<u>個 個</u> 都 有 。　"Everybody has it."　　ko3 + ko3

（10b）個 個　　　　"that one"　　　　　KO3 + ko3

（10c）個 個　　　　"that one"　　　　　KO2 + ko3

這三個例子都有「個個」連用的組合。但是根據英文翻譯，（10b）的「個個」(that one) 是「指示 + 量」的組合，聲調是 KO3 + ko3，同讀去聲，和 1841 年的材料一樣。但是，「個個」也可以是一個量詞重疊的組合，表示遍指，也就是「每一個」的意思。（10a）正是這樣的用法，「個個」的英文翻譯是 "everybody"，聲調也就當然是 ko3 + ko3，標音都用小草。換言之，「個個」這樣的組合，意思會生混淆，它可以是「每一個」（10a）的意思，也可以是「那一個」（10b）的意思。說話者如何分辨兩者，避免歧義？（10c）就是一個很明顯的例子。「個個」(that one) 的聲調組合是 KO2 + ko3，表指示的「個」從 3 調改讀 2 調，以表區分。這種分辨的手段，在 Williams 的書裡有很清楚的說明：

（11）（個 個）often pronounced KO2 ko3, to distinguish it from ko3 ko3 "every".

根據這樣的說明，我們可以把指示詞「個」從3調變讀2調的條件擬構如下：

（12）條件一：個 KO3　→　KO2 / ___　個 ko3

　　　　　　　指示　　　　　　　　　量詞

這也就是說：指示詞「個」KO3如果出現在量詞「個」ko3之前，為了避免發生混淆，它會由原來的3調變成2調：KO2；但是在其他量詞之前，它仍然保持原調KO3的發音，例如：「個張」、「個本」、「個處」、「個陣時」等，「張」是陰平、「本」是陰上、「處」是陰去，「陣」是陽去，這些組合中的「個」都不發生變調。

　　再往下看，1877年有一本粵語詞典 *A Chinese Dictionary in the Cantonese Dialect*，由 Ernest J. Eitel 編著，詞典中也有類似的例子：

（13a）個個都有。　　　　　　　　　　ko3 + ko3

　　　　Everybody has it.

（13b）呢個又話敢，個個又話敢。　　KO2 + ko3

　　　　　　　that

（13a）是一個量詞重疊的組合，兩個「個」都讀ko3。（13b）的「個個」是「指示＋量」的組合，讀 KO2 + ko3，正符合新發展出來的規律。但是我們再看下面這些例子：

（13c）個張 KO2、個陣時 KO2、個處 KO2

三個組合中的指示詞「個」後面的量詞並不是「個」，但聲調卻也標作第二調KO2，理由何在？作者Eitel也注意到這點，而且提出這樣的解釋：「個」讀第二調的時候是"an emphatic demonstrative pronoun"。也就是說在加強語氣的時候，指示詞「個」KO3可以變調讀成KO2。這樣，我們可以提出指示詞「個」發生變調的第二個條件：

（14）條件二：個 KO3 → KO2

　　　　　　指示 [+ 強調]

根據這樣的語境條件，「個張」、「個處」等組合一般讀作KO3＋量，加強語氣的時候就說成KO2＋量。

1907年，Ball出版教科書 *Cantonese Made Easy*，書中對「個」在不同場合中發生的聲調變化作了全面並清晰的描述。簡單而言，表遠指的「個」可以有三種變化：

（15a）個 KO3 used with the proper classifier:

　　　　個 + 量詞：KO3 + 量

（15b）To prevent mistakes from reduplication:

　　　　個 + 個：KO3 + ko3 → KO2 + ko3

（15c）When particular attention is called:

　　　　個 + 量詞：KO3 + 量 → KO2 + 量

換言之，到了二十世紀初，「個」有二讀已經成了語言中的常規。久假不歸，讀變調的「個」KO2慢慢變成正常的發音，原調反而從語言中消失。我們試把不同年代的材料加以整理和歸納，我們便可以總結出整套規律。「個」這個指示詞在早期有KO3一讀，其後因為辨義區分和強調語氣兩種特別語境而發生變調，改讀KO2。新舊漸漸交替，到了二十世紀中期以後，就只剩下KO2一讀。

（16）KO3　　→　　KO3 / KO2　→　　KO2

　　　1840年代　　　　　　　　　1940年代

這整個變化的條件和過渡年代，我們可以列表如下：

（17）1800　　　　　　　　　個 [指示詞]

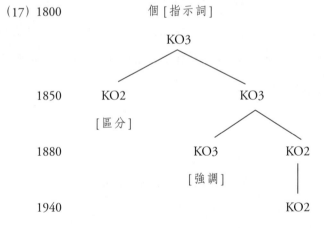

我們今天的語言，不管在什麼情況之下，指示詞「嗰」一般只有KO2一個說法。我們擬構從KO3 → KO2的發展，並不是憑空

瞎想，而是有確實的材料作為實證。反過來說，要是沒有這些材料放在我們面前，展示出這樣的歷時變化，我們實在無從想像我們熟悉的粵語原先會有這樣的變化，而這樣的變化只是在剛剛過去的一百多年內發生。

其實，我們只要仔細觀察今天的語言，便不難發現粵語還在不斷發生類似的變化。以指示詞「嗰」因為加強語氣而發生變調的現象為例：我們說今天粵語中的「嗰」只有KO2一讀，來源是從去聲（3調）變調讀成陰上變調（2調）。我們試看下面這例句：

（18）唔係呢本，唔係嗰本，係嗰本！

　　　不是這本，不是那本。是<u>那</u>本！

前後兩個「嗰本」，各有所指。為了區分兩者，我們可以強調後面一個「嗰本」。怎樣強調後面的「嗰」？可以加強語氣，提高嗓門。還有一個方法，是改變聲調，把「嗰」讀成高平調，調值是55；相當於粵語中的陰平調，也就是九調中的第一調：KO1。我們這裡也用大草標寫。

　　　嗰 KO2　→　KO1

　　　指示 [+ 強調]

關於這種變化，大概發生在九十年代，早已有學者做過研究，發表文章，我們不必贅言。但是我們試把這個新的現象和「嗰」早期

的變化結合在一起來看，顯然這種為強調語氣而發生變調的現象，在語言中可以循環出現，也就是所謂的 cyclical repetition。循環變化是語言中常有的自然現象，但是能像我們這樣找到百年以上的材料，具體說明指示「嗰」從 KO3 → KO2 → KO1 變化的步驟和時段，還真不容易。我們底下就把這整個變化過程重新排列，供大家參考。

（19）

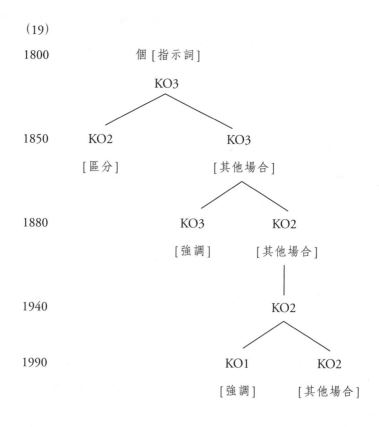

1800　　　　　　　個 [指示詞]

　　　　　　　　　　　KO3

1850　　　KO2　　　　　　　　KO3

　　　　　[區分]　　　　　　　[其他場合]

1880　　　　　　　　　　KO3　　　　　KO2

　　　　　　　　　　　[強調]　　　　[其他場合]

1940　　　　　　　　　　　　　　　　KO2

1990　　　　　　　　　　　　KO1　　　　　KO2

　　　　　　　　　　　　　[強調]　　　　[其他場合]

5. 我們接著再談另一種指示詞的歷時變化，箇中情形遠比「嗰」曲折複雜。我們先看下面的例子：

（20）細蚊仔<u>咁</u>肥，真係得意嘅。

　　　小孩這麼胖，真可愛。

（21）件衫<u>噉</u>著，真係得意嘅。

　　　衣服這樣穿，真可愛。

（20）句中的「咁」是一個程度代詞，放在形容詞之前，相當於普通話的「這麼＋形」。英語會說："The baby is this fat..."。「咁」的發音是 [kɐm]，元音是短元音的 [ɐ]，聲調屬陰去，調值是 33:，也就是九調中的第三調。為書寫方便，我們就一律寫成 kam3。（21）句中的「噉」是表示動詞情態的情態代詞，相當於普通話的「這樣＋動」。英文可以說："wear clothes this way..."。這個「噉」的發音是 [kɐm]，聲調屬陰上，調值是 35:，也就是第二調。我們底下寫 kam2。

（22）　<u>咁</u>　　　　　<u>噉</u>

　　　程度　　　　　情態

　　　「這麼」　　　　「這樣」

　　　kam3　　　　　kam2

從表面來看，這兩個指示詞，發音很近，只是聲調有別，一個是三調，一個是二調，和剛才「個」/「嗰」的區分有點相似。

我們回頭看普通話中表程度的「這麼」和表情態的「這樣」，都是「這＿」的組合。而英語中也可以用 "this" 來表示同樣的用法。「這」、"this" 都是指示詞，那麼我們也許可以問：「咁」/「噉」是否也和粵語的指示詞「個」/「嗰」有某種關聯？這樣的揣測，看起來似乎有一定的可能性，但是我們是否能從真實的語料中找到任何蛛絲馬跡，說明這樣發展的關係？

當然，從這三個標誌表面看起來，三者之間關係不大。根據現代粵語的發音，三者分別是：

（23）	咁	噉	嗰
	kam3	kam2	ko2
聲調	3	2	2
元音	ɐ	ɐ	ɔ
韻尾	-m	-m	－

從聲調而言，「咁」是 3 調，「噉」是 2 調，「嗰」是 3 調轉讀 2 調；從元音而言，「咁」和「噉」都是 [ɐ]，而「嗰」是 [ɔ]；從韻尾言，「咁」、「噉」都有個 -m 尾巴，而「嗰」就沒有鼻音韻尾。所以從表面看來，難以想像三者之間有任何關係，更不能就說這三個標誌都來自同一個歷史源頭。不過我們既然是看歷時演變，當然要從早期語料入手，看看十九世紀的語言又是怎麼一個情形。

5.1. 我們先從聲調的變化來看。表示程度的代詞「咁」kam3 讀第3調，表示情態的「噉」kam2 讀第2調。早期材料中，表程度和表情態都寫作「咁」，「噉」則是後起的寫法。[1] 1841 年的 *Chinese Chrestomathy* 是我們現存最早標寫聲調的語料，當中表程度的確實是讀第3調，表示情態的讀第2調，和今天的情形一樣。

（24）呢匹<u>咁</u><u>嘍</u>，唔做得⋯⋯（… so rumpled…）

　　　咁－形容 ... 3

（25）呢張檯唔做得<u>咁</u><u>擺設</u>⋯⋯（… not set in a proper manner…）

　　　咁－動詞 ... 2

但是同書有另外一些例子，表動詞情態的「咁」卻標作第3調，例如：

（26）<u>咁</u><u>話</u>呢個白地嘅至好。（… if so claimed…）

　　　咁－動詞 ... 3

這句子的意思是「這麼說，這個白底的最好」。句子中「話」是動詞，「咁」修飾動詞，也就是表情態的代詞，今天說 kam2，而十九世紀卻用第三調。這不是孤例，所以我們相信這表情態的「咁」當日有兩種讀法，可以是3調，也可以是2調。3和2之間並沒有明顯

---

[1]　早期語料中，「噉」有時寫作「敢」。本文一律作「噉」，不再細分。

的區分條件。既然可以自由替換，我們揣測3和2是正處於一個變化替換的過程中。更早期的語言中可能只有3調一種讀法，後來出現2調，而1841年的材料顯示的正是二者過渡期間的現象。

我們檢閱十九世紀中期以後的材料，表情態的標誌讀第二調，漸漸成為定規。例如1877年Eitel的*A Chinese Dictionary in the Cantonese Dialect*書裡，程度是3調，情態是2調。不過，1888年Stedman/Lee的*Phrase Book*，3和2的劃分還是不很穩定，如下例：

（27）　你要照閒時講話嘅聲音<u>咁講</u>就得。　　情態：3

　　　　You must talk in a natural tone of voice.

二十世紀出版的教材，3和2分別儼然。Ball在1908年的*The Cantonese Made Easy Dictionary*把表程度的「咁」和表情態的「噉」在用法、書寫、和聲調上的分別，都很清楚地交代如下：

（28a）Adverb modifying Adjective:　　咁（3）

（28b）Adverb modifying Verb:　　　　噉（2）

「咁」和「噉」都是副詞，前者修飾形容詞，聲調是3，後者修飾動詞，聲調是2。1947年趙元任的*Cantonese Primer*也是這樣標註，絕無例外。

我們試把十九到二十世紀中期幾種材料中，標調的情形表列如下：

(29)   程度：咁   情態：噉

	程度：咁	情態：噉
1841 *Chrestomathy*	3	3～2
1856 *Tonic Dictionary*	3	2
1888 *Phrase Book*	3	2～3
1920 *Inductive Course*	3	2
1947 *Cantonese Primer*	3	2

根據這些材料，很明顯的可以看得出來，表程度的「咁」向來只有3調一種讀法，我們相信這是這個代詞的唯一讀法。但是表情態的「咁」/「噉」是從3調轉向2調，我們相信這個標誌原先也是讀3調，後來轉讀2調；3和2之間，開始並不穩定，二十世紀初才定於一。這種變化，我們可以用圖表說明：

（30）   3 → 3／2 → 2

「咁」和「噉」語法功能自來有別，但是在早期粵語中，發音一樣，聲韻調完全相同。聲調有2和3的區別，是後起的變化。

5.2. 按今日粵語，「咁」和「噉」的元音都是 [ɐ]，也就是我們拼寫的 kam。翻查早期語料，元音卻是 [ɔ]。例如上舉例24中的「咁」標音作 kom，相當於國際音標的 [ɔ]。下文討論，我們一律寫成 "o"。

（31）呢匹咁嘆，唔做得。   （1841 *Chrestomathy*）

Ni p'at <u>kom</u> ch'au, m tso tak.

十九世紀的材料中，「咁」、「噉」標音都是kom，一直到二十世紀以後，才出現kam的拼寫形式。例如1936年的 *Pocket Guide to Cantonese*，表情態的「噉」有兩種標音，可以是kom，也可以是kam：

（32）噉唔做得經濟吖。　　　　　　　　　　kom

（33）你唔讀書，噉就點得識嘢呢？　　　　　kam

而這後起的kam，漸漸成為約定俗成的正規説法，1947年的 *Cantonese Primer*，全書「咁」和「噉」都只有kam一種發音，絕無例外。

我們試把這些年間出版的幾本教材排列如下，可以很清楚看得出從kom到kam的轉變：

（34）1841　　*Chrestomathy*　　　　　　kom　　　　　KOM

　　　1856　　*Tonic Dictionary*　　　　kom

　　　1883　　*Cantonese Made Easy*　　kom

　　　1920　　*Inductive Course*　　　　kom

　　　1936　　*Pocket Guide*　　　　　kom ～ kam

　　　1947　　*Cantonese Primer*　　　　kam　　　　　KAM

從-om變為-am這種變化，其實並不是「咁」/「噉」特有的情形；而且變化的動因和條件也很容易了解。-om的o是一個雙唇元音 [ɔ]，也就是一個圓唇元音，而跟在後面的m尾也是一個雙唇

音，兩個雙唇碰在一起，常常會發生異化的作用。於是前頭的 [ɔ] 就改成一個非圓唇的元音 [ɐ]。變化的條件可以開列如下：

(35) 條件：o　　　→　　　a / ＿ -m

　　 變化：om　　　→　　　am

粵語中類似的例子頗多。以地名紅磡為例：紅磡的「磡」今天讀成 ham，但是為什麼在所有官方文件中，紅磡的英文拼音是 Hung Hom？理由很簡單。「磡」原來讀 kom，是 o 元音，而不是 a 元音，因為韻尾是 -m，於是後來按照同樣圓唇異化的規則變化而來。官方標音只是按照十九世紀的記載照錄，並沒有改動。

5.3. 總括一下上文的討論，「咁」和「噉」這兩個指示代詞有三重分別，第一：前者是表程度，後者表情態；第二：在書寫上，原先一律寫作「咁」，後來分工，程度保留「咁」，而情態改成「噉」；第三：「咁」和「噉」的聲調不同，前者是3調，後者是2調，但這2調可能也是來自原來的3調。除此以外，其實「咁」和「噉」還有一點頗不相同。表情態的「噉」也可以說成「噉樣」，但是表程度的「咁」卻從來沒有「咁樣」的說法。顯然二者在構詞層面，表現有別。也許正因為這個組合的分別，讓我們可以進一步了解表情態「噉」的使用和聲調的變化。

　　「噉」和「噉樣」的用法早在十九世紀初已經出現，例如在

1928 年的 *Vocabulary of the Canton Dialect* 有這樣的例子:

（36）有咁講　　"Is it thus said?"

（37）有咁樣講　"It is thus said."

1941 年的 *First Year Cantonese* 也有這樣對舉的例子:

（38）既係噉，我就唔買。

Since that is the way, it is I shall not buy.

（39）若係噉樣，就好耐唔使出街。

If that be the case, then you won't be going for a long time.

翻看同樣的材料，表程度的「咁」只有「咁」一種說法，從來沒有「咁樣」的組合。例如:

（40）瓦靴咁硬跂處。　（1828 *Vocabulary of the Canton Dialect*）

I stood as stiff as I had been in brick boots.

（41）出汗咯，咁熱行街見好辛苦咯。(1888 *Cantonese Made Easy*)

I am in perspiration. It is very hard work to take a walk when it is so hot.

（42）屋同山咁高。　（1941 *First Year Cantonese*）

Houses are as high as mountains.

我們再看今日粵語，表情態的「噉」可以另有「噉樣」的説法，但是表程度的「咁」從來不會説成「咁樣」。例如2007年的《香港粵語語法的研究》有這樣的句子：

（43）有佢咁高咁肥就好囉。

（44）你噉（樣）講法，好唐突嘅喎。

換言之，「咁」和「噉」的分別可以這樣説明：

（45）咁（＋形容詞）vs. 噉樣～噉（＋動詞）

表情態的既有「噉」／「噉樣」兩種變法，我們也可以説「噉」可能是來自「噉樣」的組合，後來縮減成「噉」。

（46）表情態：噉樣 ⟶ 噉

我們再從另一個角度來看「噉樣」是怎麼縮減成「噉」的變化。1841年的 *Chinese Chrestomathy* 有這樣的例句：

（47）你要配番舊公司個陣時<u>咁樣</u>就好嘞係喇。

3＋6

You ought to sort them, as they used to be done, formerly, in the times of the company—this would be the best plan for you. No doubt of it.

「咁樣」的標音是3調加6調。我們知道「樣」的原調是第六調，但是「樣」常常會讀成變調，也就是第二調。以現代粵語為例，「模樣」和「樣板」的「樣」都讀原調第六調，但是在「式樣」和「圖樣」這些組合中「樣」卻讀成第二調，也就是變調的發音。我們試排列如下，變調的字在右上角加註星號：

（48）原調：6　　　模樣　　　樣板

　　　變調：2*　　　式樣*　　　圖樣*

變調的變化由來已久，例如在1888年的 *Cantonese Made Easy* 有這樣的句子，「樣」讀變調：

（49）呸，做乜，整成個啲衰樣*？

　　　Nonsense! Why… act in that silly way!

更早的例子，如1856年的 *Tonic Dictionary* 中，有「噉樣」的組合，而「噉樣」二字都讀變調：

（50）噉*樣*做得

　　　This will do very well.

我們知道「噉」原來是3調，為什麼在這樣的組合中會讀成變調？我們猜想這箇中的變化是：「噉樣」原來是3＋6的組合，其後「樣」先發生變調：6 → 2*，而「噉」接著又受後面的「樣」影響，也轉

讀變調：3 → 2*，於是前後二字同讀2調。「噉樣」可以省略成「噉」，但也還保留變調的讀法。

（51）噉樣（一動）　　　　　　　　噉（一動）

$$3 + 6 \quad \rightarrow \quad 3 + 2^* \quad \rightarrow \quad 2 + 2^* \quad \rightarrow \quad 2^*$$

假如這個說法可以成立的話，我們就可以明白為什麼表情態的「噉」會受到同化作用影響，把3調變成2調，習用久了，久假不歸，變調就成為「噉」唯一的讀法。至於表程度的「咁」，因為從來不和「樣」一起出現，所以沒有發生同樣的變化。

5.4. 我們現在可以把「咁」和「噉」的變化做一個簡單的歷時描述。

（52）　　　　　　　　　指代

	程度	情態
1841	咁 kom3	咁 kom3/2
1856	咁 kom3	噉 kom2
1877	咁 kom3	噉 kom2
1883	咁 kom3	咁／噉 kom2/3
1888	咁 kam3	咁／噉 kam3/2
1924	咁 kom3	噉／咁 kom2
1941	咁 kom3	噉 kom2
1947	咁 kam3	噉 kam2

這個描述當然比較粗疏，許多細節請參看我在別處發表的論文。不過總體而言，我們還是能看出整個歷時變化的大概。十九世紀初以1828年的《土話字彙》為代表，程度和情態都寫作「咁」，聲調沒有記載。十九世紀中以1841年的 *Chrestomathy* 為代表，程度和情態也還都寫作「咁」，元音是o，聲調漸漸有別，程度是3調，情態可以是3調，也可以是2調。十九世紀晚期以1888年的 *Cantonese Made Easy* 為代表，「咁」、「噉」二分，元音是o，聲調上，程度是3調，情態以2調為主，偶爾做3調。二十世紀以1941年的 *First Year Cantonese* 為代表，咁噉二分，元音是o，聲調有別，程度3調，情態2調。二十世紀中期以1947年 *Cantonese Primer* 為代表，書寫二分，聲調二分，而元音則已經不再是o，清清楚楚標作a。換言之，「咁」、「噉」的分化，聲調是在二十世紀才分成3調和2調，而元音是到二十世紀中才從o改作a。這些變化，我們可以提綱挈領，開列成下表。我們今天熟悉的「咁」和「噉」其實是要到二十世紀中期才正式定型，距今只不過七十年而已。

（53）十九世紀早　1828　　咁

　　　十九世紀中　1841　　咁　　　　o　程度3　情態3/2

　　　十九世紀晚　1888　　咁～噉　o　程度3　情態2/3

　　　二十世紀早　1941　　咁～噉　o　程度3　情態2

　　　二十世紀中　1947　　咁～噉　a　程度3　情態2

5.5. 根據上述的討論，我們可以重新回頭再看「個」、「嗰」、「咁」、「噉」四詞的古今聲韻的異同。

（54）　量詞　　　遠指代詞　　程度代詞　　情態代詞

	個	嗰	咁	噉	
早期	ko3	ko3	kom3	kom3	
今日	ko3	ko2	kam3	kam2	↓

請看下面一例，出自 1841 年的 *Chrestomathy*：

（55）大前日賣<u>個</u>一百幾匹四個銀錢連餉咋，而家賣得<u>咁</u>好價。

遠指	量	程度
ko3	ko3	kom3

Only the day before yesterday, … sold upwards of a hundred pieces, at four dollars per yard, including duty, so good is the price at which this article is now sold.

顯然，遠指「個」、量詞「個」、和程度代詞「咁」，同聲、同調、同元音。倘若說它們同源，不無可能。唯一的問題是程度「咁」和情態「噉」，韻母收鼻音 -m，屬於所謂的陽聲韻，而「個」、「嗰」則屬於陰聲韻，並沒有鼻音韻尾。這個 -m 的韻尾又如何解釋？

　　其實我們看現代漢語中的指示代詞「這」和程度／情態代詞

「這麼」也呈現類似的構詞關係。「這麼」zheme 顯然是「這」zhe 加「麼」me 的組合，而「麼」就是帶鼻音的音節。前人討論「這麼」的來源，以為是「這」加上「物」的組合，「物」古代是鼻音聲母，今天粵語還是讀 m-。這樣看來，我們是否可以推測粵語的「咁」也是來自遠指「個」和「物」的組合？「個」ko3 帶上後面「物」的 m- 而結合成一個新的音節 kom3，後來元音發生變化，轉成今天的 kam3。其後聲調再根據程度和情態而分化成 3 調和 2 調兩種讀法。

（56）　這 + 物　→　這麼

　　　　咽 + 物　→　ko + m-

　　　　　　　　　　kom

　　　　　　　　　　kam

　　從表面推理過程來看，這個說法十分可信。但是我們怎樣證明在早期粵語中確實有「個物」這樣的組合？從我們現有的語料來看，並不能找到「個物」一詞。但是，根據郭必之 2003 年的一篇文章，早期粵語中是有「__物」這種可能的組合。他的例證是粵語中「點」的來源。「點」的意思是「為什麼」，發音是 [tim]，以鼻音 -m 結尾。在古代漢語中，「底」有疑問詞的用法，他在早期文獻中找到「底物」的組合。「底」有「何」的意思，「物」是一個詞尾，「底物」就是「何物」或「為什麼」的意思。假如這個說法成立，那

我們也就可以援此為例，說明「咁」是來自「個物」的組合。

（57）　底＋物　→　點

　　　　個＋物　→　咁

我們借「點」來解釋「咁」的鼻音韻尾源自詞尾「物」，當然在未有明證之前，這只能算是揣測之言。不過假如此說能夠成立，我們便可以很清楚地說明粵語中量詞和指代詞之間的承傳演變關係。我們試列表如下：

（58）

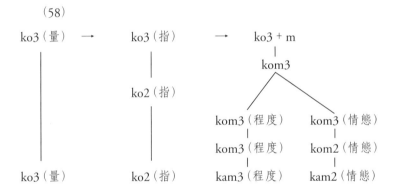

量詞「個」ko3和指代「個/嗰」同源，「嗰」ko2轉讀2調是後起的現象。指代「個」表程度或情態的時候會帶詞尾-m，產生一個新組合：kom3。其後，kom3按功能分化，表程度讀kom3，表情態讀kom2。到了二十世紀之後，kom的o元音因為異化作用而改變為a，於是產生今日的「咁」kam3和「噉」kam2。今日粵語四

詞同源，按歷時語料，可以找到嬗變的一些痕跡和例證。不過，我的擬構許多地方是根據真實的早期語料一步一步建立起來，但是也有的地方是借用別的類似變化來說明嬗變的規律。雖然不足為憑，但是還可以供大家參考，聊備一說。

6. 今天的報告，主要是從早期粵語語料中尋找一些特殊的例子，進行整理分析以後，提出我對粵語發展的一些看法。我雖然用了二十多種不同年代的材料，但是時間視窗還是局限在十九世紀到二十世紀之間而已。就這百年語料所呈現的種種現象，我們還是可以看得出十九世紀的語言和今日語言之間有顯然的不同。我們可以在排比整理之後，歸納出一些變化的類別，但如何解釋這些不同，如何利用這些例證進一步說明語言變化的軌跡和規律？這是我們要特別努力的地方。

假如我們今天要拍一部有關黃飛鴻當年在廣州的電影，語言上就先得仔細研究一番，怎樣才能捕捉當年話語的神髓？請看底下這兩句道白，哪一句是十九世紀的語言？哪一句是二十一世紀的粵語？

（59a）你莫個食曉飯之後 kom3 遲至去搵 ko3 ko3 朋友。

（59b）你咪食咗飯之後 kam3 遲至去搵 ko2 ko3 朋友。

根據我們研究所得，自不難分辨。就是因為我們有這一批語料，真憑實據，才可以讓我們認識早期粵語到底是怎樣的一個語言。拍電影的專業人士，導演先生、編劇大師和各位演員明星，在把早年廣州的故事搬上熒幕之時，也就可以仿傚從前人說話的腔調，時間倒流，假以亂真。

　　語言是我們與生俱來的本能；不同年代、不同地點，語言也各自不同。在座各位，無論你的母語是粵語還是別的方言，你對這個語言有絕對的擁有權。我們應該尊重和保育這個語言，同時我們也應該尊重、學習別的語言。越留神別人說話不同的地方，越能明白自己語言的獨特之處。有什麼感受，我們應當即刻記下這靈光一閃的印象。語言變化有時候很快，有些現象，擦身而過，就從語言中徹底消失，無影無蹤。我希望憑我們的努力，記錄描述這些現象，也可以為下一個五十年、一百年留下一份歷史證據。後來者翻閱我們留下的記錄，也可以知道他們的語言上有所承，語言歷史並沒有斷層。

早期粵語語料

1828   Morrison, Robert. *Vocabulary of the Canton Dialect.*

1841   Bridgman, E. C. *Chinese Chrestomathy in the Canton Dialect.*

1841   *A Lexilogus of the English, Malay, and Chinese Languages.*

1847   T. T. Devan. *The Beginner's First Book in the Chinese Language.*

1853   Bonny, S. W. *Phrases in the Canton Colloquial Dialect.*

1856   Williams, S. Wells. *A Tonic Dictionary of the Chinese Language in the Canton Dialect.*

1865   《親就耶穌》

1871   Lobscheid, W. *A Chinese and English Dictionary.*

1874   Dennys, N. B. *A Handbook of the Canton Vernacular of the Chinese Language.*

1877   Bruce, Donald. *Easy Phrases in the Canton Dialect.*

1877   Eitel, E. J. *A Chinese Dictionary of the Cantonese Dialect.*

1883   Ball, J. Dyer. *Cantonese Made Easy.*

1888   Ball, J. Dyer. *Cantonese Made Easy.* 2nd edition.

1888   Fulton, A. A. *Progressive and Idiomatic Sentences in Cantonese Colloquial.*

1888   Stedman, T. J. and K. P. Lee. *A Chinese and English Phrase Book* 《英語不求人》.

1894   Ball, J. Dyer. *Readings in Cantonese Colloquial.*

1900   《正粵謳》

1903   《粵音指南》

1907   Ball, J. Dyer. *Cantonese Made Easy.* 3rd edition.

1907   Chalmers, John. *An English and Cantonese Dictionary.* 7th edition.

1908	Ball, J. Dyer. *The Cantonese Made Easy Vocabulary.* 3rd edition.
1910	Leblanc, Lieutenant. *Cours de Langue Chinoise Parlée Dialecte Cantonnais.*
1912	Aubazac, Louis. *Dictionnaire Cantonnais-Francais.*
1920	Cowles, Roy T. *Inductive Course in Cantonese.*
1924	Ball, J. Dyer. *Cantonese Made Easy.* 4th edition.
1927	Wisner, O. F. *Beginning Cantonese.*
1930s	盧子房，《註音廣州話》
1930s	許子航，《新編廣東省城白話》
1934	Meyer, F. B. and T. F. Wempe. *The Student's Cantonese English Dictionary.*
1936	Hoh, Fuk Tsz and W. Belt. *A Pocket Guide to Cantonese (Revised and Enlarged).*
1941	O'Melia, Thomas A. *First Year Cantonese.* 2nd edition.
1947	Chao, Yuen Ren 趙元任. *Cantonese Primer*《粵語入門》.
1955	Chan, Yeung Kwong. *Everybody's Cantonese.*
1963	Huang, P. and G. Kok. *Speak Cantonese.*

參考書目

郭必之。2003。〈香港粵語疑問代詞「點 [tim35]」的來源〉,《語言學論叢》第27輯,頁69–78。

張洪年。1972。《香港粵語語法的研究》,香港:香港中文大學。增訂版,2007,香港:中文大學出版社。

張洪年。2006。〈早期粵語「個」的研究〉,載於何大安、張洪年、潘悟雲、吳福祥編:《山高水長:丁邦新先生七秩壽慶論文集》,台北:中央研究院語言學研究所,頁813–835。

張洪年。2013。《「咁」又如何?——再探早期粵語中的指示代詞》,*Bulletin of Chinese Linguistics* 7.2,頁165–201。

張洪年。2015。〈「至/正」與「莫個」:早期粵語語料中殘留的語法現象〉,《第十八屆國際粵方言研討會論文集》,廣州:暨南大學出版社,頁5–27。

張惠英。2001。《漢語方言代詞研究》,北京:語文出版社。

張雙慶。1999。〈香港粵語的代詞〉,李如龍、張雙慶編:《代詞》,廣州:暨南大學出版社,頁345–360。

Cheung, Hung-nin Samuel. 1997. "Completing the Completive: (Re)Constructing Early Cantonese Grammar," *Studies on the History of Chinese Syntax, Journal of Chinese Linguistics*, Monograph Series 10, Berkeley, pp. 133–165.

從一幅地圖談起：
如何認識十九世紀香港的語言

提　要

　　地名是一種地域指稱。人們聚居或外出，總是劃地命名，便於記憶，也便於交談。但是地名不僅是一個地方的名稱，地名背後往往包含一定的社會、歷史、文化訊息，反映人們對當地的認識和關注。為地方命名，以語言文字為標誌，所以地名本身也記錄當時的語言實況。香港位處珠江三角洲，本屬於粵語地區。但是香港百多年來，華洋雜處，南北共居，地方命名究竟是以什麼語言為依據？是漢語還是其他民族的語言？是粵語還是別的方言？學者一直未有確實的論證。

　　我們試從一幅十九世紀的香港地圖來看當年各地各區的名稱，嘗試作初步的探討。地圖上的地名用漢字標寫，並附有英文拼音。我們根據拼音可以擬構這些地名當時的讀法，進一步考究這些地名是否根源於粵語。同時，由於這些地名的漢字和拼音跟

今日地圖上的標寫不盡相同，這些不同究竟是反映粵語本身語音的變化？還是由於方言混雜而有所差異？書面材料是我們研究語言歷時變遷的基本依據。十九世紀也有一些根據當日粵語口語而編寫的材料。然而，這些書面語料所記錄的語言，是否和地圖上所呈現的現象相同或相類似？我們希望能通過這些一手的歷史材料，進一步考察十九世紀香港語言的實況。香港語言是單一還是多元發展？整個語音音系在這一百多年來，又經歷怎樣的變化和調整？

新安縣全圖 (Simeone Volonteri, *Map of the San-On District*, National Library of Australia, nla.obj-231220841)

1. What's in a name? ——這是莎士比亞的名言。名字本身到底有什麼意義？名字究竟有什麼內涵？莎翁借劇中人的話語回答說："That which we call a rose by any other name would smell as sweet." 所以這花朵不管叫 rose 也好，叫玫瑰也好，叫薔薇也好，都是一樣的芬芳。中國人說，名無固宜，約定俗成謂之宜。古人的智慧，中外皆然。名字只是一種指稱，便於記憶，便於交談，大家都知道大家在說什麼。不過，試想深一層，所謂「約定俗成」背後，其實就有一大堆的道理。為什麼叫玫瑰，不叫薔薇？為什麼英文叫 rose，法國人也說 rose？但發音卻不一樣。名之所以為名，也許是一時靈感來到，妙手偶得的佳作；但也許在命名背後，另有所據，別有涵義。父母為子女取名，商人為新物品起名字，總不會亂來。粵語所謂：「唔怕生錯命，最怕改錯名。」命名的人總想在名字之中暗示某些希望，描述某些特質，說明某些事件。比方說，我叫張洪年，洪年，大年也。顯然我父母希望我能長命百歲。我現在能活到古稀之年，無災無難，總算不負他們當年命名的期望和祝福。

人名如此，地名又何嘗不是？當年珠江口的一個小漁村，取名叫香港。香港的「香」莫不是要點出漁家樂、樂無窮的佳趣？十里漁村，千擔漁獲，傍晚時分，陣陣傳來異香。香港的「香」一定不會是指魚香吧？根據學者的研究，香港早年是華南地區香料的

轉運站,以物命名。這樣看來,香字的由來可據,應該比較可信。把香港這地名翻成外文,以 Hong Kong 現身國際舞台。這個洋名字,顯然是一個音譯詞。但這音譯究竟是根據什麼語言而這樣拼寫?香港地處華南,音譯大概是本粵語發音。請注意:Hong Kong 二字的主要元音都是 "o"。按今日粵語,「香港」二字的標準發音,用國際音標拼寫應該是 [hœŋ kɔŋ],聲調不計在內。香港二字的粵語發音,各有自己的元音,「香」是 œ,而「港」是 ɔ,差別很大。這樣說來,香港一名的官方拼寫和實際發音並不相同,拼寫似乎另有所據。其實內中變化並不如是複雜。我們查看早期語料,香港二字的拼寫是 höng kong。例如 1883 年的一本粵語教科書 *Cantonese Made Easy* 中有這樣的一句:

通香港都冇呢啲咁好嘅。

T'ung <u>höng kong</u> to mo ni ti kom ho ke.

為什麼「香」在元音 o 上另加兩點:höng?查歐西語言的拼音系統,往往就有 ö 這個字母,代表的就是 œ 元音。例如德文就有這個字母,但是英語一般來說並沒有這樣的元音,也不用這樣的字母。西洋人士早期來華夏,沿用 ö 來標寫粵語中的 œ 元音,香港一名就自當拼寫作 höng kong。後來也許因為便於英文書寫,就把這個 ö 簡化作 o。約定俗成,香港的正式拼音從此就定為 Hong Kong。

香港回歸至今已經近二十年，香港大名的翻譯，會不會也來一個名從國家語言，有朝一天改成Xianggang？要是真的有這麼一天，What's in a name？這正名背後所蘊藏的種種原因，就大有故事可說。

2.　　地名是一個地方的名稱，但是地名背後往往包含一定的社會、歷史、文化等訊息，反映人們對當時當地的認識和關注。而特別值得注意的是地方命名，是以語言文字為標誌，通過語言而訴諸於口，通過文字而記錄在案。地名本身往往就是記錄命名當時的語言實況。中國文字以表意的功能為主，只從文字書寫並不一定能看得出地名本身確實的發音是什麼，更無從知道同一個名字在不同時代是否保留同樣的發音？就算是書寫用的漢字不變，但是不一定保證發音沒有變化。要是我們用拼音字母標註地名，記錄當時當地的實際發音，一個字母，一個聲音，正可以補此不足。我們要是有這樣一幅地圖，翻查地圖上地名所用的羅馬註音，按圖索驥，就可以推測當時應該是怎樣發音。而且根據這樣的發音，我們也就可以進一步推測這種發音來自什麼語言、屬於哪一個年代的語音系統。這樣看來，地圖上所顯示的不只是地域劃分、城市統轄等重要地理政治訊息，它同時也是一種語言寶庫，提供豐富而且可靠的資料，讓我們對當時當地的語言可以有

進一步的認識。

我們今天的講演就是選取一幅十九世紀的香港雙語地圖，進行初步研究，彙集地圖上的地名，把圖上所附的漢字書寫和羅馬註音進行對比，分析它的語音根據。這些地名為什麼會這樣拼寫，我們固然要解釋清楚；要是地圖標音前後出現不一致的地方，我們又如何解釋？我們希望能通過對這幅地圖進行仔細的分析和解讀，進一步認識十九世紀香港的語言實況。

3.　中國人編製地圖，由來已久。有關香港的地圖早在十五世紀左右已經出現；十七、十八世紀以後，更有一些由西方人編製。這些地圖，大都是用單一語言（中文或外文）記錄，而且有關香港的部分往往只有零星的記錄。一直到十九世紀下半葉才出現一份詳細的中英地圖。這一份地圖是由一位意大利神父來華傳教時編製，1866年出版。這位神父是 Simeone Volonteri（1831–1904），1842年教會派遣來香港工作。他的中文名字是華倫泰理，大家都管他叫華神父，或和神父。當年他才二十九歲，年輕有為，數年之後，調往中國大陸，成為河南教區的主教。華神父在香港期間，當時香港已經割讓給英國，不過他時常外出，周遊香港附近地區。四年之後，編製新安地圖，主要集中香港、九龍，而且也遍及後來在1898年才租借給英國的新界地區。學者都認為這是現

存最早而最全面的香港地圖，山脈河流、村鎮道路都一一記錄在案。華神父自己說：

> 地圖涵蓋整個新安縣，南北45里，東西60里。香港及其周遭一帶原屬新安，沿海上下統歸南投管制。[1]

新安縣是在明朝設立，包括香港、深圳一帶，民國以後改稱寶安縣。新安地圖主要集中在香港部分，而香港九龍新界以西的地區，記錄並不詳細。華神父是神學出身，地理研究是否他的專長、他是否曾經接受過專業的地圖製作訓練，文獻並沒有記載。他對中國文化有多少認識，我們也不得而知。但是教會既能安排他來香港傳教，後來更調往內陸，出任主教，他的中文相信應該有一定的造詣。他在港期間，足跡遍新安各地，沿途的陪同是一位名叫 Don Andre Maria Liang 的本地助手，協助調查。我們對這位梁女士所知不詳，不過地圖上的漢字記錄很可能就是這位助手的手筆。

新安地圖中英兼用，地名分別以漢字和英文記錄。英文地名一般是按中文漢字的發音改用英文字母拼寫。二十世紀以後，有關香港的雙語地圖陸續出現，同一地名在不同時期的地圖上可以

---

[1] 原文見 Hayes（1970），頁 195。

有不一樣的拼寫。我們根據這些拼音異同，相互比較，也許可以整理出語音變化的軌跡。我們這次研究只集中在香港、九龍和新界地區的地名，下文就以香港一名總涵蓋我們考察的地區；至於地圖上其他地點地名，我們暫且擱置一旁，希望將來有時間再來探討，可以更全面分析整個新安縣的地名沿革和語言變化。新安縣全圖中有關香港的部分，附錄在後（頁102），供參考。

4. Volonteri地圖上屬於香港部分的地名，一共有464個。其中28個只有英文地名，沒有配對的中文名字，如 Quarri Bay、Cape d'Aguilla、Castle Peak、St. John Cathedral。按今日地圖，相對的中文地名是：鰂魚涌、鶴咀、青山、聖約翰大教堂。另外有15個地名只註英文拼音，不寫漢字，如 Tai-kok-tsui、Yung-shu-ha、P'ing-tsia。按二十世紀的地圖，這些地方是大角咀、榕樹下、坪輋。另有16個地名只有漢字，不註拼音，如井頭、馬灣、田心，後期的地圖拼音分別是：Tseng Tau、Ma Wan、Tin Sam。別除這些地名之後，我們一共有405個地名，雙語記錄，佔總數87%。我們就以這四百多個地名作我們的基本數據，研究1866年當時的語言大概。

這些地名拼音究竟是根據什麼語言拼寫？據我們所知，在Volonteri之前，這些地名很少在西方記錄中出現，所以我們相信這些拼音大概是Volonteri和他的助手根據當地人士的發音而拼

寫。這些拼寫有的時候並不一致，同一個漢字在不同的地名中會有不同的拼音，這也許是手民之誤，但也有可能是不同的方言有不同的讀法，Volonteri只是如實記錄。

　　總體而言，這份地圖上的地名拼音是根據粵語發音，而拼音方法則是採用Samuel Wells Williams（衛三畏，1812–1884）的拼音方案。Williams是一位美國傳教士，來華數十年，對中國文化、粵地語言深有研究。根據他的觀察，他以為廣州省城的粵音最為純正。他1856年出版 *A Tonic Dictionary of the Chinese Language in the Canton Dialect*（《英華分韻撮要》），訂立一套為粵語特製的拼音系統，流傳至為廣泛。其後Dyer Ball出版 *Cantonese Made Easy* 前後四版等粵語教科書（1883、1888、1907、1924），基本上是沿用Williams的拼音系統。我們這次研究主要是把Volonteri地圖上的拼音，對比Ball的拼音，分析其間異同，細究地圖上的語言到底是廣州方言，還是別有所屬。

5.　　在沒有進入討論音韻系統之前，我們且略略說明一下漢語的音韻特點。大體而言，漢語是一個單音節語言，每一個音節由三部分組成：聲母、韻母、聲調。聲母是一個音節開頭的輔音，而韻母則是聲母以後的部分，包括元音和其他輔音；聲調則是整個

音節發音時的音調高低升降。我們且以「媽」字的粵語發音為例，描述其音韻結構。「媽」的聲母是 m-、韻母是 -a，聲調是高平調，標寫作 55:，也就是粵語九調中的陰平調。我們畫圖如下，展示「媽」的語音組合：

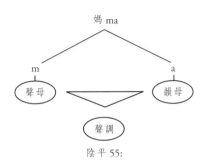

我們再借用地名大角咀為例，地圖上標音是 Tai-kok-tsui。按聲韻調結構而言，我們可以把三字分析如下：

	聲母	韻母	聲調
大 tai	t	ai	陽去
角 kok	k	ok	陰入
咀 tsui	ts	ui	陰上

今日標準粵語的音韻系統大體是承繼二十世紀而來，計有

20聲母、53韻母、9聲調。[2] 但根據Ball等人的記錄，十九世紀粵語則共有23聲母、56韻母、9聲調，和今日的音系對比，除了聲調以外，聲母和韻母頗有不同。我們先把兩套系統按國際音標開列如下（表中加底線的則是十九世紀原有的聲母、韻母，但今日已經消失）：

表A　十九世紀、二十世紀聲母對照

p	p'	f	m		
t	t'		n	l	
tʃ	tʃ'	ʃ			j
<u>ts</u>	<u>ts'</u>	<u>s</u>			
k	k'	h	ng		
kw	kh'				w
0					

按表A中排列，十九世紀粵語原有23聲母，二十世紀之後只有20聲母，丟失的三個聲母是ts、ts'和s。翻查早年記錄，齒音原有兩套，tʃ一套大概是比較靠近舌面，ts一套是比較靠近舌尖。例如「張」是tʃ-，而「將」是ts-。今日標準粵語不分，都讀tʃ-。

---

[2] 有關現代粵語聲韻的研究，學人著述甚多。這次討論主要是根據我1972年書中的分析。有關Ball的聲韻系統，請參看張洪年2003年的文章。

a	ai	au	am	an	ang	ap	at	ak	
a	ai	au	am	an	ang	ap	at	ak	(a)
	ɐi	ɐu	ɐm	ɐn	ɐng	ɐp	ɐt	ɐk	(ɐ)
ɛ	ei				ɛng			ɛk	
œ	ɵy			ɵn	œng		ɵt	œk	
ɔ	ɔi	ou		ɔn	ɔng		ɔt	ɔk	
			<u>om</u>			<u>op</u>			
z̠									
i		iu	im	in	ɪng	ip	it	ɪk	
u	ui			un	ʊng		ʊt	ʊk	
y				yn			yt		
m	ng								

　　韻母部分，十九世紀原有56個，二十世紀有53個，消失的三個韻母是om、op和z（見表B）。其中"z"只出現在舌尖ts-等聲母之後，例如「子」讀tsz、「此」讀ts'z、「思」讀sz等。至於om和op的變化，請看後文。

　　從上列聲母和韻母對照表來看，粵語在這一百年間顯然是經歷過一些變化，聲母和韻母各減省三個。我們今日所謂的正音基本上是以二十世紀中期的發音為標準，也就是說我們今天的粵語和十九世紀的發音，雖然大體相同，但細看之下，不無分別。而

時下所謂的懶音其實是反映粵語又有了進一步的發展，音韻系統較諸從前更為簡化。詳細的變化情形，留待下文討論。

6.　近年許多學者致力研究粵語音韻的歷時變化，重擬舊日音韻系統。Volonteri 的地圖既然是在 1866 年編製，地圖上的拼音按理應該是反映十九世紀的語音系統，但確實情形是否如此？我們就地圖上記錄的四百多個地名展開全面性的探討。[3]

6.1.　我們查閱 1866 年地圖上所用的拼音，不難發現頗有一些標音和早期語料中的拼寫方法不同，但這些歧異並不一定表示在音系上別有所指，也不一定代表音質上有某些差別。我們在討論整個音系之前必須先得交代這些不同的拼寫方式，以免在深入考察時產生誤會。

　　第一，地圖上的拼音不標聲調。例如：馬鞍山的「馬」是陽上，Williams 和 Ball 的標音都作 ꜗma；蘇竹嶺的「蘇」是陽平，Williams 和 Ball 都作 ꜘma；亞媽笏的「媽」是陰平，Williams 和 Ball 作 ꜙma；以附加符號表示聲調。但是地圖上「馬」、「蘇」、「媽」都一概拼作 ma，沒有任何標寫聲調的符號。

---

[3]　有關 1866 年地圖地名的討論，請參看我 2015 年的文章：“Naming the City: Language Complexity in the Making of an 1866 Map of Hong Kong”。

第二，粵語元音分長短a，這是粵語音韻的一大特點。例如「林」[lɐm]的元音是短ɐ，而「藍」[lam]的是長a。在上表B中，我們特別用圓圈劃出ɐ和a的分別。Williams和Ball的處理方法是把長a標寫作á，上加一撇，而短a則上不加撇。但是地圖上長短不分，一律都寫作a。所以，林村的「林」和大藍寮的「藍」，地圖一律標寫作a。

林村	Lam-ts'ün
大藍寮	Tai-lam-liu

我們試把這兩項標音不分的特點疊加在一起，於是地圖上有的地名用字，可能是元音和聲調都不相同，但拼音卻混做一體。例如：白蠟Pak-lap的「白」和北茛Pak-long的「北」都標作pak，其實「白」是長á、屬陽入調，而「北」是短a、屬陰入調，韻母和聲調都不一樣，但在標音上卻完全看不出來。

Volonteri這樣的處理，並不符合實際語音，美中不足。但我們也可以試從另一個角度來理解他的做法。若是只根據地圖上表面的處理，我們或許可以說十九世紀香港粵語聲韻另成系統，和二十世紀的發音不同，所以地圖上不分長短a；也許早期粵語根本沒有聲調的區別，所以地圖上不標聲調。這種揣測當然不可能成立。尤其是聲調的問題，漢語自古以來就是一個聲調語言，平

上去入分立，十九世紀的粵語根本不可能沒有聲調。但地圖上不標聲調的原因是什麼？道理其實很簡單，主要是為了便於書寫印刷而已。十九世紀研究粵語的學者還有一位是 Robert Morrison（馬禮遜）。他 1828 年出版 *Vocabulary of the Canton Dialect*（《廣東省土話字彙》），上下三冊，是當時的巨著。而字彙標音就是不標聲調。Volonteri 可能是蕭規曹隨，也就不嚴加區分。編製地圖，在圖上書寫並不是一件容易的工作。Volonteri 這份地圖其實不大，大小只有 34"×42"，香港部分是 20"×25"。要在這不到兩呎見方的紙面，先畫上村鎮河流，再寫上幾百個地名，漢字再加拼音，本就相當擁擠，倘若再補上聲調和元音長短的附加符號，書寫極不容易，看起來也不一定清楚。Volonteri 的取捨也許不無道理。

另外還有一點需要略加說明的是有關輔音的標寫。粵語的聲母常有送氣和不送氣的區分，例如「東」和「通」都是舌音，但前者不送氣，後者送氣。按國際音標，「東」的聲母是 [t]，「通」的聲母是 [t']。送氣與否，是漢語聲母系統中一個很重要的音韻特點。早期字典區分得非常小心，在輔音符號後邊加上一撇，例如 t'，表示送氣；不加一撇的 t，則是不送氣。地圖大體是保留這種一撇分辨的方法，但是加與不加，標寫有時並不一致。例如「潭」是送氣

的 t'，但是地圖上潭仔的「潭」標作 tam，而北潭村的「潭」卻標作
t'am。同一個送氣聲母，標音的一撇卻可有可無。這是標寫的錯
漏，我們分析地圖音系，不能就貿然以為當時發音確實如此。

6.2. 總體而言，地圖上的標音和十九世紀各種粵語教材所用的註
音，大體相符合。地圖上 405 個地名，以單字計算，共 300 字。
我們就把這三百字按聲母和韻母排列成表，以便查勘比較。附表
（見頁 103）是其中一表，元音是長 a，我們標作 aa。三百例字經過
這樣的整理排列之後，可以計算出地圖中共有聲母 23 個（表 C）和
韻母 44 個（表 D）。　　．

<h3 style="text-align:center">表 C　Volentari 1866 聲母：23 個</h3>

p	p'	m	f	
t	t'	n		l
ts	ts'		s	
ch	ch'		sh	y
k	k'	ng	h	
kw	kw'			w
0				

表D Volonteri 1866韻母：44個

	-i	-u	-m	-n	-ŋ	-p	-t	-k
a	ai	au	am	an	aŋ	ap	at	ak
	ɐi	ɐu	ɐm	ɐn	ɐŋ	ɐp	ɐt	ɐk
	e̠i							
ɛ					ɛŋ			ɛk
i		iu	im	in		i̠p	it	
					iŋ			ɪk
ɿ								
ɔ	ɔi			ɔn	ɔŋ		ɔ̠t	ɔk
	ou	om			op			
œ̠					œŋ			œk
	ɵ̠i			ɵ̠n	ʊŋ		ɵ̠t	ʊk
u	ui			un			u̠t	
y				yn			y̠t	
m̠	ŋ̠							

　　上文已經交代十九世紀粵語教材中的音系，計有聲母23個（零聲母在內），韻母56個，和地圖的系統稍有不同。

	聲母	韻母
Volonteri	23	44
十九世紀粵語	23	56

對比之下，地圖音系韻母部分少了12個，我們在表D中一一補上，但另加底線以示區別。表中為什麼會有這許多闕如或遺漏？原因很簡單，地名中沒有用上相關的字有這樣的發音，所以圖中就沒有這樣的標音。例如，yn（如「園」）和yt（如「月」）是陽聲和入聲相配成對，地圖有「鶴園」等帶yn的字，但是沒有任何地名帶有讀yt的字，所以音系圖表中就缺少這個韻母。我們經這樣重新整理之後，得出上表，地圖音系和十九世紀其他語料的音系大體相符合；這也就是説，地圖代表的語言確實是當時的粵語。

　　我們下舉幾個地名，對比Volonteri地圖的標音和二十一世紀新出版的地圖標音，[4] 前後時代相差近一百多年，但標音既然一樣，發音也應該無異。

<u>1866</u>　　　　　　　　　　　　<u>2009</u>

馬鞍岡	Ma-on-kong	馬鞍崗	Ma On Kong
黃家圍	Wong-ka-wai	皇家圍	Wong Ka Wai
粉嶺	Fan-ling	粉嶺	Fan Ling
白蠟	Pak-lap	白臘	Pak Lap
石排灣	Shek-pai-wan	石排灣	Shek Pai Wan
橫台山	Wang-t'oi-shan	橫台山	Wang Toi Shan

---

[4]　*Hong Kong Guide 2009*, Survey and Mapping Office, Lands Department, the Government of the Hong Kong Special Administrative Region.《香港街》，香港特別行政區地政總署測繪處，2009。

6.3. 地圖標音也有一些標音和今日標註的拼音不同。這些不同其實是反映粵語在這一百多年之間的音韻變化。以下舉數例說明。

6.3.1. 元音分化：早期粵語有許多音節是單元音，後來分化為複元音。最明顯的例子是 i → ei，元音一分為二。「飛機」一詞，今日讀 fei kei，但十九世紀的發音是 fi ki。

飛機 fi ki → fei kei

這複元音化的現象大概是在十九世紀末、二十世紀初發生，單元音 i 分裂為 ei。我們查看地名，Volonteri 地圖就保留許多這樣單元音 i 的音節，如：

<u>1866</u>		<u>2009</u>
筲箕灣 Shau-<u>ki</u>-wan	→	筲箕灣 Shau <u>Kei</u> Wan
蓮花地 Lin-hua-<u>ti</u>	→	蓮花地 Lin Fa <u>Tei</u>
沙角尾 Sha-kok-<u>mi</u>	→	沙角尾 Sha Kok <u>Mei</u>

6.3.2. 地圖上的 "o" 代表兩個不同的元音。Williams 和 Ball 的拼音系統中，單一個 "o" 是代表 [ɔ]，而 o 上帶一撇的 ó 則代表複元音韻母 [ou]。Volonteri 不用附加符號，兩個韻母都拼作 o。例如：

	[ɔ]				[ou]
婆	平婆尾	P'ing-p'o-mi	莆	莆心排	P'o-sam-p'ai
籮	三擔籮	Sam-tam-lo	老	老鼠嶺	Lo-shü-ling
荷	荷木墩	Ho-muk-tan	蠔	蠔涌	Ho-ch'ung

關於 o 的發音，我們還要補充一點。Volonteri 地圖上有紅磡一地，英文標音是 Hung-hom，和今日的標音一樣。但是我們知道「磡」字今天的發音是 [hɐm]，也就是說和 o 代表的聲音完全無關。然而為什麼「磡」會拼寫作 hom？原來 1866 年地圖上標寫的正是 hom，這也就是說 hom 確實是十九世紀的標準發音。但是二十世紀語音卻發生這樣的變化：o 是一個圓唇元音，m 也是一個唇音，兩個唇音前後相併出現，常常會發生異化作用，o 轉化成 ɐ，於是 om 也就轉讀 [ɐm]。「磡」今讀 [hɐm]，應該是後起的變化，按今日的標音，應該拼寫作 ham。類似的例子如「合」，早期粵語讀 hop，o 在唇音 p 之前，轉讀成 ɐ，所以今天的發音是 [hɐp]，標寫作 hap。紅磡一名的發音，從 hung hom 到 hung ham，是一種歷時的語音變化；不過，香港的官方文件仍然保留舊日的拼音，百年不變。

6.4. 在聲母方面，最明顯的分別是所謂齒音的塞擦音和擦音。根據十九世紀其他語料，當時有這樣的兩套聲母，也就是上文所說的：

ts tsh s ∶ tʃ tʃh ʃ

地圖上這兩套聲母俱存。例如：

Volonteri 1866				2009		
ts	將軍澳	Tseung-kwan-o		ts	將軍澳	Tseung Kwan O
tʃ	樟木頭	Cheung-muk-tau			樟木頭	Cheung Muk Tau
tsh	林村	Lam-ts'yn		ts	林村	Lam Tsuen
tʃh	川龍	Ch'uyn-lung			川龍	Chuen Lung
s	田心	T'in-sam		s	田心	Tin Sam
ʃ	深涌	Sham-ch'ung			深涌	Sham Chung

請注意，聲母後的 h，表示送氣，所以 tsh 就是 ts'。這兩套聲母早期儼然對立，二十世紀中期對立消失，合為一套，今天粵語都沒有留下任何痕跡。但是為什麼在 2009 年的地圖上還保持這種分別？其實這只是人為的區分，並不反映真正的語音事實。這一點就像今日粵語中 n- 和 l- 經常不分，但是官方文件都分辨無訛。例如：南山 Nam Shan 和藍田 Lam Tin 兩地名，「南」是 n-，「藍」是 l-，今日能分辨的人越來越少。這種 n-、l- 混合的現象有時也可以從地名選用的漢字看得出來。例如馬料水一地在 1866 年的地圖上是馬尿水 Ma-ngiu-shui，「尿」的聲母是舌根鼻音 ng-，大概後來讀

成舌尖鼻音n-。今日改稱馬料水 Ma Liu Shui，改寫漢字，當然是地名雅化的結果。但是從「尿」n-改作「料」l-，也看得出這是鼻音n-轉讀l-的語音變化，正正反映語言中n-、l-不分的現象。

總體而言，1866年地圖上的漢字拼寫主要是根據當時的粵語標音。這些拼寫有的還保留在今日的英文地名中。但是，時移世易，有的地名拼音也根據實際語音的變化而有所更動。

7.　我們認為1866年的地圖記音，應該是反映當時粵語的實際情況。但是仔細考察之下，又可以發現頗有一些地名記音奇特，和粵語之間的關係，不易理解。我們猜想最大的可能是Volonteri在拼寫地名時，除了根據粵語以外，有時候還按當地人所說的其他方言記音，於是產生拼音混雜的情形。我們試從地圖上搜集一些這樣發音特殊的地名，對比粵語和其他方言，研究地名記音背後是否有這種可能。假如真有這種可能的話，這些拼音所根據的又是什麼語言。以下試舉四例說明。

7.1.「家」

地圖上有一個地區叫土家灣 T'o-ka-wan，位在九龍，相當於今日的土瓜灣。土瓜灣這樣的叫法，由來已久，1888年的地圖拼音作 Tokwawan。據漢字和拼音來看，同一個地點顯然有兩個不盡

相同的地名。「家」或「瓜」不只是漢字有別，發音也頗有不同。「瓜」kua 是合口字，比「家」ka 多了一個 -u- 介音。我們都知道粵語音系原來就有帶合口 -u- 介音這樣的音節。但是近日廣東話常常會把這個合口介音 -u- 省略，例如「光」kwong 讀成「岡」kong，「國」kwok 讀成「角」kok，這也就是時下所謂的懶音現象。這樣看來，1866 年地圖上「土瓜」和「土家」是否也就是這懶音的先鋒部隊，把 kua 讀成 ka？答案是不。粵語中丟失 -u- 是一個相當晚起的語音變化，十九世紀的語料中絕對沒有這種現象。「瓜」向來只有一讀：kua。這也就是說地圖上把「瓜」拼寫成 ka，寫成「家」，並不是本地發音，而是記錄別地方言。我們試從香港附近一帶地方的方言，比較「家」和「瓜」的發音：

	家	瓜	
標準粵語	ka	kua	
Volonteri	ka	ka	
中山、珠海	ka	ka	
開平、恩平	ka	ka	（四邑）
惠州、東莞	ka	ka	（客家）

　　顯然，「瓜」讀 ka，是有方言的根據，並不是地圖記音錯誤的結果。Volonteri 的讀法很有可能是鄰近方言的發音。在上列各方

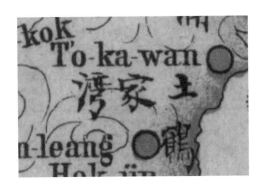

言中，中山、珠海、開平、恩平都是粵方言，中山、珠海和廣州話都屬於廣府片，而開平、恩平屬於四邑片；但是惠州和東莞則屬於客家方言，語音和粵語音系頗不一樣。假如我們說把「土瓜」說成「土家」其實是反映方言之間的借貸變化，那麼地圖上記音很有可能是根據粵地其他的方言，也可能是借自粵語以外的方言。但是我們是否能進一步考證其間的關係，這就不得不查看更多的地名例子，觀察方言之間的相互影響。

7.2.「逕」

「逕」/「徑」是地名中常用的一個字，表示路徑或表示村落。粵語的發音是king，口語也可以讀成keng [kɛŋ]。但是Volonteri地圖上「逕」標寫作kang，a是長á還是短a，並不清楚。下面開列一些地名，比較1866年和2009年地圖的讀音：

1866 Volonteri		2009	
蕉逕	Tsiu-kang	蕉逕	Tsiu-keng
赤逕	Ch'ik-kang	赤逕	Chek-keng
逕口	Kang-hau	徑口	Keng-hau
萌逕	Long-kang	浪徑	Long-keng

「逕」讀作kang顯然不是粵語的發音。但是香港附近一帶地區確實是有這種讀法,包括中山、珠海、惠州、東莞。

	逕
粵語	king / keng
Volonteri	kang
中山、珠海	keng / kɐng
開平、恩平	king （四邑）
惠州、東莞	kang （客家）

地圖上的 a，雖然看不出是長元音還是短元音，但既然標寫作 a，所以很有可能是來自中山、珠海的短 ɐ，也可能是來自惠州、東莞的長 a。四邑一帶讀 -ing，顯然和地圖記音無關。

7.3.「霜」、「相」

根據 Volonteri 地圖，在新界以北有一個小島叫霜洲，拼音是 Song-chau。但此名不見於今日地圖。地圖靠南，在西貢附近，有一個海灣叫相思灣，Volonteri 標音是 Siong-sz-wan。「霜」與「相」來源本不相同，「霜」古音是合口三等，生母，「相」是開口三等，心母，今日許多方言還是發音有別，例如現代漢語 shuang：xiang。但是粵語並不保留這種分別，「霜」和「相」都讀成 [sœŋ]，十九世紀的語料已經如此。這也就是說地圖上「霜」、「相」的區別顯然是根據別地方言。

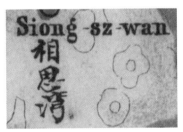

地圖上「相」標作 siong，中間有一個介音 -i-，這種現象不見於今日粵語，也不見於早期語料。我們試比較其他各地方言：

	霜	相
粵語	sœng	sœng
Volonteri	song	siong
中山、珠海	sœng	sœng
新會	song	siong （四邑）
惠州、東莞	song	siong （客家）

「霜」和「相」以介音有無來區分，見於新會，也見於惠州、東莞。
惠州、東莞屬於客家，而新會則屬於四邑。

7.4. 「尾」

在地名研究上，「尾」是一個通名，表示一個地方的末端或後方，與「頭」相對，例如「汕頭」和「汕尾」。香港也有一些以「尾」命名的地名，但是 Volonteri 地圖上「尾」的標音和今日發音並不一樣。

<u>Volonteri 1866</u>		<u>2009</u>	
沙角尾	Sha-kok-mi	沙角尾	Sha-kok-mei
窩尾	Wo-mi	窩美	Wo-mei
蝦尾	Ha-mi	蝦尾	Ha-mei
平婆尾	P'in-p'o-mi	（闕）	

地圖上「尾」拼寫作 mi，不讀 mei，並不表示方言有別，而是由於粵語語音發生變化而產生的結果。上文已經交代，單元音 i 韻母

在二十世紀初發生破裂，一分為二，發展成為新的複元音韻母ei。所以地圖記錄的mi代表的是早期粵語的發音。不過，地圖上還有一個「尾」的標音作mui，應該不是記錄粵語的發音。

Volonteri 1866   2009

涌尾   Ch'ung-mui   涌尾   Chung-mei

「尾」讀mui，全圖只有一例。但是我們試對比其他鄰近方言，發現這樣的發音，並不罕見。

	尾	
粵語	mei	
Volonteri	mui	
中山、珠海	mi	
開平、恩平	^{m}bei	（四邑）
惠州、東莞	mi、mui	（客家）

材料顯示，廣府片四邑片的方言都沒有這樣的發音，但是惠州、東莞讀mui，發音正和Volonteri地圖上的拼音相同。我們再翻查其他客家方言，可以發現更多地方有這種讀法，越能證明mui確實是客家方言。

東莞	mui
深圳	mui
從化	mui

換言之，Volonteri記錄的發音mui，只可能來自客家方言。

7.5. 我們把上文討論的結果列表如下。地名拼音不符合粵語音韻系統，但是能從其他方言中找到類似的讀法，我們以「×」表示。而各個方言中，只有客家方言四例全中，最能代表這種非粵語的發音。

	Volonteri	中山	四邑	客家
瓜 ka	×	×	×	×
逕 kang	×	×		×
霜、相	×		×	×
尾 mui	×			×

上舉四例，當然只能說明地圖上一部分的現象。不過就此十多個地名來說，已經可以看得出地圖上所反映的語言並不只是單一粵

語而已。有的地名顯然是來自其他方言，到底是哪一個方言？根據我們這個小規模的研究，最大的可能應該是客家方言。

8. 上文從地圖上拼音有異於粵音的例子，追查其他方言，先把有可能的來源排列開來，相互對比，然後收窄範圍，暫時認為客家方言是這些特別發音的共同來源。我們接著再從客家方言入手，蒐尋更多的例子，追查是否也呈現客方言的痕跡。

8.1. an：in

地方命名常用「新」字。粵語「新」讀 san，但是地圖上的「新」有兩種拼寫：san 和 sin。

Volonteri 1866		2009	
新屋仔	San-uk-tsai	新屋仔	San Uk Tsai
新圍	Sin-wai	新圍	San Wai

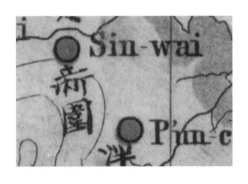

1866年地圖上，「新」讀 sin 只出現在「新圍」一名。「新」讀 sin 不見於四邑或中山等地，但是客家方言基本上只有 sin 這一個發音。請看下表，也列出中古音、廣州、珠海和新會的發音，以資比較。

	新
中古音	臻開三平真心
Volonteri	san、sin
廣州	sɐn
珠海	sɐn
新會	sæn
惠州	sin
東莞清溪	sin
深圳沙頭角	sin
梅縣	sin
翁源	sin
連南	sin
河源	sin
荔枝莊	ʃin
麻雀嶺	ʃin
赤泥坪	ʃin
蕃田	ʃɐŋ
蠔涌	ʃɐŋ

上表所列共 12 種客家方言，其中十地都是 -in 的發音，約佔九成。「新」讀 -in 顯然是客方言的特色。

8.2. ou：au

粵語中ou和au分屬兩個不同韻母，來源有別。例如：「毛」是效攝一等字，讀mou；「茅」是效攝二等字，讀mau。1866年的地圖上，「毛」和「茅」都標寫作mau，也就是發音無別。例如：

Volonteri 1866		2009	
黃毛岃	Wong-mau-jn	黃毛應	Wong Mo Ying
茅坪	Mau-p'ing	茅坪	Mau Ping

地圖上「ou」和「au」不分的例子還有：

高洲	Kau-chau	vs.	交椅洲	Kau Yi Chau
老圍	Lau-wai	vs.	老圍	Lo Wai

第一例中的「高」屬一等字，粵語今讀ou，「交」是二等字，今讀au；但Volonteri都標寫作au，發音無別。第二例中的「老」，有au和o兩種拼寫，也就是說同一個字有兩種發音，地圖上的o就是

代表ou的發音。這種au和ou混淆的現象，一般不容易解釋。但是我們只要從方言有別的角度來看，就很清楚。他們顯然是來自另一個方言，而這個方言的一、二等區別已經消失，同讀作au。從下表來看，這個方言顯然就是客家方言。

	茅	毛	高	交	老
中古音	效二肴明	效一豪明	效一豪見	效二肴見	效一晧來
Volonteri	mau	mau	kau		lau
廣州	mau	**mou**	**kou**	kau	**lou**
中山石岐	mau	mou	**kou**	kau	lou
新會	ᵐbau	**ᵐbou**	**kou**	kau	lau
開平	ᵐbau	ᵐbɔ	kɔ	kau	lau
惠州	mau	mau	kau	kau	lau
東莞清溪	mau	mau	kau	kau	lau
沙頭角	mau	mau	kau	kau	lau
梅縣		mau	kau	kau	lou
翁源		mou	kou	kau	lau
河源		mau	kau	kau	lɔu
荔枝莊	ᵐbau	ᵐbau	kau	kau	lau
麻雀嶺	bau	bau	kau	kau	lau
赤泥坪	bau	bau	kau	kau	lau
蠔涌	bau	bɐu	kɐu	kau	lɐu

8.3. ik：ak

1866年地圖有許多以「石」命名的地方。「石」有三種拼寫法：

		Volonteri 1866			2009
（1）shik	多石	To-shik	多石	To Shek
	紅石門	Hung-shik-mun	紅石門	Hung Shek Mun
（2）shek	石籬背	Shek-li-pui	石梨貝	Shek Lei Pui
	石坑	Shek-hang	石坑	Shek Hang
（3）shak	三茅石	Sam-mau-shak	三抱石	Sam Po Shek
	牛皮石	Ngau-pi-shak	牛皮沙	Ngau Pei Sha

「石」古屬梗攝三等，粵語有兩讀，shik和shek，前者是文讀，韻母是[ik]，後者是白讀，韻母是[ɛk]。兩讀都見於十九世紀的語料。二十世紀以後，ek取代ik而成為唯一的發音。「石」讀shak，不見於任何記錄，地圖上對音翻成shak，顯得有點奇怪。其實，地圖上還有一個ik和ak對立互換的例子，這就是「赤」字可讀ik，亦可讀ak。

Volonteri 1866		2009	
赤逕	Ch'ik-kang	赤逕	Chek Keng
赤柱	Chak-chü	赤柱	Chek Chue

「赤」讀-ik是老派粵音，今音讀-ek。但是-ak的讀法可以從客家方言中找到。

我們翻看客家方言材料，「石」和「赤」基本上都只有ak一種發音。

	石	赤
中古音	梗三昔禪	梗三昔昌
Volonteri	shak	chak
廣州	sɛk	ts'ɛk
中山石岐	siak	ts'Ik
新會	siak	ts'ik
惠州	siak	ts'iak
東莞清溪	sak	ts'ak
沙頭角	sak	ts'ak
梅縣	sak	ts'ak
翁源	sak	ts'ak
河源	sak	ts'ak
荔枝莊	ʃak	tʃ'ak
麻雀嶺	ʃak	tʃ'ak
赤泥坪	ʃak	tʃ'ak
蠔涌	ʃɛk	tʃ'ɛk

所以這些ik和ak對立的例子，前者是粵語的發音，後者屬於客家方言。

8.4. 介音 -i-

廣州方言的語音系統，在聲母韻母之間並沒有 -i- 介音。上文所舉的「相」拼寫作siong，似乎是一個例外，但我們已經說明這是借自客家方言的發音。地圖上頗有一些例子，標音保存介音 -i-，屬於客家的音韻系統：

		1866 Volonteri		2009	
驚	king	黃驚凹	Wong-kiang-au	黃鱸仔	Wong King Tsai
夾	kip	禾鸝夾	Wo-li-kiap	和宜合	Wo Yi Hop
坪	p'ing	坪山	P'iang-shan	坪山	Ping Shan
斜	ts'ɛ	上禾斜	Sheung-wo-tsia	上禾輋	Sheung Wo Che

我們試對比客家語料，介音 -i- 幾乎出現在所有例字中。

	驚	夾	坪 / 平	斜 / 畢
中古音	梗三庚見	咸二洽見	梗三庚並	假三麻邪
Volonteri	kiang	kiap	piang	ts'ɛ
廣州	king / kɛng	kap	p'ing / p'ɛng	ts'ɛ
中山石歧	king / kiang	kap	p'ing / p'iang	ts'ɛ
新會	king / kiang	kap	p'ing	ts'ia
惠州	kiang	kap	p'əng	ts'ia
東莞清溪	kiang	k'iap	p'in / p'iang	ts'ia
沙頭角	kin / kiang	k'iap	p'in / p'iang	sia
梅縣	kiang		p'in / p'iang	sia
翁源	kiang		p'in / p'iang	ts'ia
河源	kiang		p'in	ts'ia
荔枝莊	kiang	kap	p'iang / p'in	tʃ'ia
麻雀嶺	kiang	kap	p'iang / p'in	tʃ'ia
赤泥坪	kiang	kap	p'iang / p'in	tʃ'ia
蠔涌	kɛng	kap	p'ɛng / p'əng	tʃ'ɛ

8.5. 我們現在可以把上面討論的例字歸成一表，總共十字，對比 1866年地圖的發音和今日香港附近一帶方言的發音。右頁表中不加陰影的顯示和地圖發音對應相類似的地區，而這些地區從惠州到赤泥坪都屬於客家方言。

	1	2	3	4	5	6	7	8	9	10
	瓜	徑	石	霜	相	尾	新	毛	驚	平
Volonteri	ka	kang	shak	song	siong	mui	sin	mau	kiang	piang
廣州	kua	kɪŋ	sɛk	sœŋ	sœŋ	mei	sɐn	mou	kɪŋ/kɛŋ	p'ɪŋ/p'ɛŋ
中山石岐	kua	kɪŋ	siak	sœŋ	sœŋ	mi	sɐn	mou	kiaŋ	piaŋ
新會	kua	kɪŋ	siak	sɔŋ	siɔŋ	ᵐbei	sæn	ᵐbou	kiaŋ	p'ɪŋ
惠州	ka	kaŋ	siak	sɔŋ	siɔŋ	mi	sin	mau	kiaŋ	p'əŋ
東莞清溪	ka	kaŋ	sak	sɔŋ	siɔŋ	mui	sin	mau	kiaŋ	p'iaŋ
沙頭角	ka	kin	sak	sɔŋ	siɔŋ	mui	sin	mau	kiaŋ	p'iaŋ
梅縣	kua	kin	sak	sɔŋ	siɔŋ	mi	sin	mau	kiaŋ	p'iaŋ
翁源	ka	kin	sak	sɔŋ	siɔŋ	mui	sin	mou	kiaŋ	p'iaŋ
荔枝莊	ka	kaŋ	ʃak	ʃɔŋ	ʃiɔŋ	ᵐbui	ʃin	ᵐbau	kiaŋ	p'iaŋ
麻雀嶺	ka	kaŋ	ʃak	ʃɔŋ	ʃiɔŋ	bui	ʃin	bau	kiaŋ	p'iaŋ
赤泥坪	ka	kaŋ	ʃak	ʃɔŋ	ʃiɔŋ	bui	ʃin	bau	kiaŋ	p'iaŋ
蠔涌	ka	kæŋ/kʊŋ	ʃɛk	ʃœŋ	ʃyœŋ	bi	ʃɐŋ	bɐu	kɐŋ	p'ɛŋ

客語區

根據這樣的對比，我們可以充分相信Volonteri在記錄地名發音的時候，雖然是以粵語為主，但是他也採用其他方言的讀法。所以從表面看來，地圖上同樣的漢字可以有不同的拼音，而拼音標註的語音並不符合粵語的音韻系統。但是根據上述的分析，我們發現這些「不很粵語」的發音其實是來自客家方言。所以我們可以這樣描述Volonteri在編製地圖時是怎樣處理和語言、拼音等有關問題。1866年的地圖是一份中英兼備的雙語地圖製作。漢字兼帶拼音，而漢字拼音主要是以粵語為依歸，這一點毋容置疑。但是有的地名拼音，卻反映其他方言——特別是客家方言——的音韻痕跡。這也就是說，這些特別的拼音所記錄的並不是粵語，而是客家方言。客家記音的地名，雖然為數不多，但是雪泥鴻爪，從中依稀可以想見香港早年除了以粵語為主要語言以外，也還曾流行過客家方言。

9.　　上文討論主要是根據地圖和其他語言教材和語料提供的有關記錄，分析地圖拼音所反映的聲韻系統，擬構Volonteri的實際語言根據。除了這樣從語言本身進行內部分析以外，我們還可以根據當時的人口分佈來進一步驗證這樣的分析是否可信。我們可以試問：這些所謂「客家」地名的地方村鎮主要集中在香港哪些地區？而這些地區當時是否客家人聚居的地方？

1898 年，香港政府發表一份報告：“A Report on the Extension of the Colony of Hong Kong”，撰寫官員是當時的華民政務司駱克（James H. S. Lockhart, 1858–1937）。文件內容是記錄香港各地村鎮分佈的情形，並說明這些村鎮的居民原籍何處：是廣州本地，還是來自客家別的地區。凡客家地區，報告中以 “H” 標誌，而廣州人聚居的地方則註 “P”，代表「本地」。

我們先把上文討論十個特別字的地名，在地圖上一一劃出（請見下頁）。然後按圖索驥，對比報告上的描述，看看當地屬於粵語還是客家。

例如上文列舉的十字表中的第二字「徑」，也就是「逕」，以「逕」為地名而標音作 kang 的地方，其中就有六個地方出現在報告中。而這六個地方，五個屬於客家區，只有一個列作粵語區。

赤逕	kang	H
蕉逕	kang	H
逕口	kang	P
蓢逕	kang	H
茜逕	kang	H
狗爬逕	kang	H

這報告在 1898 年發表，當然比 Volonteri 1866 年的地圖晚出三十多年；而且地圖上記錄的地區許多都沒出現在報告中，所以對比

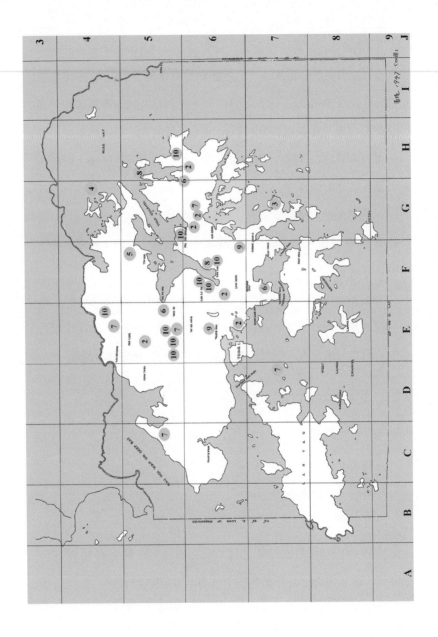

並不完全可靠。但是總體而言，還是可以看到一個大概。下表就是根據地圖和報告的資料，排列粵語客家分佈的情形。所謂帶有特別發音的地名大都出現在客家地區，我們上述分析以為這是屬於客家音系，這個推論相信不會有太大的問題。

		總數	粵語村落	客家村落
瓜	ka	2	50%	
逕	kang	6	17%	83%
石	shak	2		50%
毛	mau	1		100%
高	kau	1		
鰲	ngau	2	50%	50%
老	lau	1		
新	sin	1		100%
坪	piang	1	100%	
驚	kiang	1		100%
輋 / 斜	tsia	9	33%	67%
夾	kiap	1		100%
相	siong	1	100%	
尾	mui	1		100%

上文提到的地名新圍，在地圖上出現兩處。一處拼作Sin，一處作San。兩地相隔甚遠，根據報告，Sin-Wai是客家村子，

San-wai是廣東地區。兩地人口分佈不一樣,所説方言也應該有別。這一個例子最能説明地圖記錄存真,保留各地特有的發音。

10. 香港地處珠江口,原屬粵語地區,但是早期居民還包括客家人士,從1866年的地名的翻譯可以看得出他們在此地落籍定居的痕跡。歷來已經有好些學者發表論述,以為香港原有客家方言的底層,很多地名上所用的通名,如「屋」、「坑」、「下」、「窩」、「嶺」、「洋」等都屬於客家詞彙。這些通名很多都在早年的地圖上出現,但是地圖上出現的一般只是漢字書寫,我們並不知道這些漢字的確實讀音、命名是按粵語還是按客語的發音。這些通名可能只是保留從前的稱謂,代表一種舊日的命名法。不過名稱僵化後,就並不一定反映活方言還有這樣的命名習慣或發音。就像我們現在寫「逕」,發音説king,和原來讀kang,完全沒有關係。老派kang的發音已經從新語言中消失。但是從地圖上保留的漢字拼音,我們最少可以知道這個地名當時是怎樣發音,而這個發音就代表某一個年代、或者某一個地區的語音實況。Volonteri多年遍走香港各地,根據當地居民的發音而一一記錄在案。地名拼音時有差異,正説明當時語言的複雜多元。

從Volonteri的地圖的地名拼寫,我們可以明確知道香港早年是一個粵語地區,但某些村落也有客家人聚居,説的是客家

話。其實除了客家話以外，還有別的方言也可能在地圖上留下痕跡。例如深水埗，今日發音是 Sham Shui Po，但是 1866 年有另一份地圖卻標寫作 Tsam Choy Poo，[5] 這顯然這是根據閩語發音。我們還期望將來有機會可以再進一步搜集更多的有關資料，從地名拼寫上分析舊日語言實況。地名拼寫隨著年代而有所改動，這些改動是表示語言本身內部的語音變化，還是一個地名兩種拼音，實際上是根據不同的方言而有所區分。這些都是我們研究時要倍加注意的地方。

11. 今日粵語的語音系統又經過一番變化，所謂「懶音」處處，年長的人聽起來也許總覺得非常不順耳，但是我們總不能否認這是新人類的發音，我們自己不說，總不能不讓語言自身發生變化。我曾經做過一些研究，歸納出新語音系統的大概，發表一篇報告，題目就叫做〈21 世紀的香港粵語：一個新語音系統的形成〉。我們先簡單舉一些例子，說明新派粵語的特點：

　　一、n- 聲母轉為 l- 聲母：例如「你」ni 讀如「李」li；

　　二、舌根 ng- 聲母丟失，轉為零聲母：例如「我」ngo 讀成 o；

　　三、圓唇的舌根聲母 kw- 和 kw'- 在某些元音之前丟失圓唇的

5　　*Peninsula of Hong Kong.* 1866. Hong Kong Government.

特點，轉為不圓唇的 k- 和 k'：例如「光」kwong 讀同「剛」kong；

四、舌尖的 tʃ / tʃʼ / ʃ 聲母，在某些元音之前，轉讀舌面 tɕ / tɕʼ / ɕ 齒音：例如「張」tʃœng 今日常讀作 tɕœng；

五、收舌根輔音 -ng 和 -k 的韻母轉為收舌尖的 -n 和 -t：例如「剛」kong 讀同「乾」kon、「覺」kok 讀同「葛」kot。

這些例子，眾所周知，不勝枚舉。雖然不是所有說粵語的人都會這樣說話，但是年輕一代的人說話，很多人都會帶上這些所謂的懶音。其實「懶音」這個描述並不正確。說話人並不是為了偷懶而改變發音；把 n- 說成 l-，並沒有減省任何口部或舌頭的活動，只是活動的機制有所改變而已。我們試把這些懶音的例子放在一個更大的聲韻架構來看，新的發音所反映的是整個粵語音韻系統正在經歷一個全面簡化的大變動。以聲母為例，我們在上文說過，十九世紀的粵語有 23 個聲母，二十世紀有 20 個聲母。二十一世紀 n- 和 ng- 的失落（表中加底線），使到粵語只剩下 18 個聲母。

p	pʼ	f	m	
t	tʼ	<u>n</u>	l	
tʃ / tɕ	tʃʼ	ʃ		j
k	kʼ	h	<u>ng</u>	
kw	kwʼ			w
0				

從十九世紀的 23 聲母到二十世紀的 20 聲母、再到二十一世紀的 18 聲母，聲母數目在二百年間已經減省 5 個，約 22%。假如我們硬說今日粵語懶音氾濫，那這所謂懶音的變化由來已久，不能只詬病是今日的問題。

我們再看韻母部分，變化更大。十九世紀原有 56 韻母，二十世紀是 53 韻母的天下。今天大體只有 46 韻母，二百年間丟失 13 個韻母。

a	ai	au	am	an	ang	ap	at	ak
	ɐi	ɐu	ɐm	ɐn	ɐng	ɐp	ɐt	ɐk
ɛ		ɛu	ɛm	ɛn	ɛng		ɛt	ɛk
	ei			en			et	
œ			œn	œng		œt	œk	
ɵy			ɵn			ɵt		
ɔ	ɔi	ou		ɔn	ɔng		ɔt	ɔk
				on			ot	
i		iu	im	in	ɪng	ip	it	ɪk
u	ui			un	ʊng		ut	ʊk
y				yn			yt	
m	ng	←			←			

上表中所列，灰色方框內的韻母是二十世紀標準粵語原有的韻母，在今天的新系統中已經逐漸消失。我們細看消失的韻母主要是收舌根音-ng / -k的韻母。這也就是說韻母簡化並不是隨意零星的更動，而是把整套的舌根韻母取消，變化顯然是循著一定的軌跡而發生。而且由於原來的舌根音-ng / -k韻母，整套移向舌尖-n / -t，於是原有的-ng和-n合併為一個-n韻母，-k和-t合併成一個-t韻母。這一來，韻母數目就大大減少。上面所舉的例子，「剛」和「乾」都讀-n、「覺」和「葛」都讀-t，就是合併以後的新讀法。不過，在減省的同時，有的時候又會產生新的韻母。例如舌根-ng / -k和舌尖韻母-n / -t合併以後，音韻系統大受影響。我們試以「梁」和「倫」為例說明這現象。按標準粵語發音有別，「梁」讀lœng，而「倫」讀lɵn，元音和韻尾都不一樣。但是按今日新派發音，-ng前移至-n，於是「梁」讀「lœn」、「倫」讀lɵn。韻尾相同，但元音依然有別。不過，「lœn」卻是舊日韻母系統中沒有的音節。這樣一來，新系統中就多添了一個韻母，œn和ɵn對立。與-ng → -n相配的-k → -t，也呈現同樣的變化：

	二十世紀		二十一世紀
略	lœk	→	lœt
律	lɵt	→	lɵt

新舊交替之後，二十一世紀的粵語韻母便只剩下46個。而整個粵語音韻系統從十九世紀到二十一世紀的變化，可以簡單交代如下：

	十九世紀	二十世紀	二十一世紀
聲母	23	20	18
韻母	56	53	46

簡單而言，新派粵語的聲母和韻母都發生重大的變化。至於聲調方面，從十九世紀到今日，基本上還保留九調的系統，似乎沒有什麼變化。不過，細究之下，還是略有變動。尤其是讀陽上的字不很穩定，有的年輕人會把陽上讀成陰上，有的時候，個別陰去的字會改讀陽上。請參看前人著述，這裡不贅。

我在這裡且舉一個極端的例子，用國際音標標寫新舊發音，顯示老派和新派之間在音韻上的差距。

	點	解	我	請	你	嚟	香	港	圖	書	館	聽	演	講	呢？
正讀	tim	kai	ŋo	tʃʼɛŋ	nei	lai	hœŋ	koŋ	tʼou	ʃy	kwun	tʼɛŋ	yin	koŋ	ŋɛ?
新讀	tin	kai	o	tɕʼɛn	lei	lei	hœn	kon	tʼou	ɕy	kwun	tʼɛn	yin	kon	lɛ?

新派的發音，我自己讀來，覺得是詰屈聱牙，特別費力；但是對年青一代來說，這是理所當然的說話習慣，有什麼奇怪？正讀的發音，反而顯得是老掉牙的說法。

我們要是回到地名拼寫這問題上，試把1866年地圖上的一些地名按十九世紀、二十世紀和二十一世紀的發音而標寫如下，我們可以很清楚看到這些地名讀音在這兩百多年來所經歷的許多變化：

	十九世紀	二十世紀	二十一世紀
相思灣	siong-sz-wan	seung-si-wan	ɕeung-si-wan
沙角尾	sha-kok-mi	sa-kok-mei	ɕa-kot-mei
柏敖石	pak-ngou-shak	pak-ngou-sek	pat-ou-ɕɛt
牛磡	ngau-hom	ngau-ham	au-ham

這些變化一方面可以反映早期命名會雜用其他方言的發音，但另一方面也確切讓我們知道粵語本身的音韻變化。新派粵語既然又有許多新變化，那麼年輕人是否也會按新發音而從新拼寫地名？「香港」一名是否會因為舌根鼻音的丟失，而把 Hong Kong 改成 "Heun Kon" 這樣的拼寫？我們就算說拼音不變，但並不能保證說發音沒有變化。上文所舉紅磡一名可以為證：今天地名雖然還保留十九世紀的 Hung Hom 的拼音，但是「磡」的元音早已從 o 變成 ɐ。文字不足為憑，約定俗從的拼寫並不一定代表確實語言發音。但有的時候，我們會發現有的地名會改用別的漢字代替原來的用字，這種漢字改寫可能也是在反映實際發音的變化。例如沙田附近的赤麗坪本來叫赤泥坪，一般都說這是地名雅化的新命

名。但是從「泥」改作「麗」，正反映 n- 變作 l- 的音韻變化。我們拭目以待，側耳細聽，周遭或許正在發生許多語音的變化，有的是變化細微，也許只牽涉個別的字，有的可能是整套在變。我們外出郊遊，到不同社區參觀，小心聽聽當地人說話，觀察舊地方是否已經冠上新地名，老拼音略有更改，原來別有新發音。新舊之間，暗中偷換，若似無心，其實新命名正是有意在展示語言本身受到內部或外在的因素而發生變化。

參考書目

Ball, James Dyer. 1883. *Cantonese Made Easy.* Hong Kong: The China Mail Office.

Bridgman, Elijah Coleman. 1841. *Chinese Chrestomathy in the Canton Dialect.* Macao: S. Wells Williams.

Cheung, Hung-nin Samuel. 2006. "One Language, Two Systems: A Phonological Study of Two Cantonese Language Manuals of 1888." *Bulletin of Chinese Linguistics*, 1.1. Li Fang-Kuei Society for Chinese Linguistics, and Hong Kong University of Science and Technology, pp. 71–200.

Cheung, Hung-nin Samuel. 2015. "Naming the City: Language Complexity in the Making of an 1866 Map of Hong Kong," in 洪波、吳福祥、孫朝奮編:《梅祖麟教授八秩壽慶學術論文集》,北京:首都師範大學出版社,2015,頁 77–111。

Hayes, James. 1970. The San On Map of Mgr. Volonteri. *Journal of the Hong Kong Branch of the Royal Asiatic Society,* Vol. 10.

Hong Kong Guide 2009. Hong Kong: Survey and Mapping Office, The Government of the Hong Kong Special Administrative Region.

Lockhart, Stewart. 1898. "Extracts from a Report by Mr. Stewart Lockhart on the Extension of the Colony of Hongkong." Document No. 9/99. Hong Kong Government.

Morrison, Robert. 1828. *Vocabulary of the Canton Dialect* (《廣東省土話字彙》). Macao, China: The Honorable India Company.

Peninsula of Hong Kong. 1866. Hong Kong Government.

Williams, Samuel Wells. 1856. *A Tonic Dictionary of the Chinese Language in the Canton Dialect.* Office of the Repository.

張洪年。1972。《香港粵語語法的研究》，香港：香港中文大學。增訂版，2007，香港：中文大學出版社。

張洪年。2003。〈21世紀的香港粵語：一個新語音系統的形成〉，《第八屆國際粵方言研討會論文集》，北京：中國社會科學出版社，頁129–152。

張洪年、郭必之。2007。〈香港地名中的閩語和客語成分〉，《語言學論叢》，北京：商務印書館，頁200–233。

張雙慶、莊初昇。 2003。《香港新界方言》，香港：商務印書館。

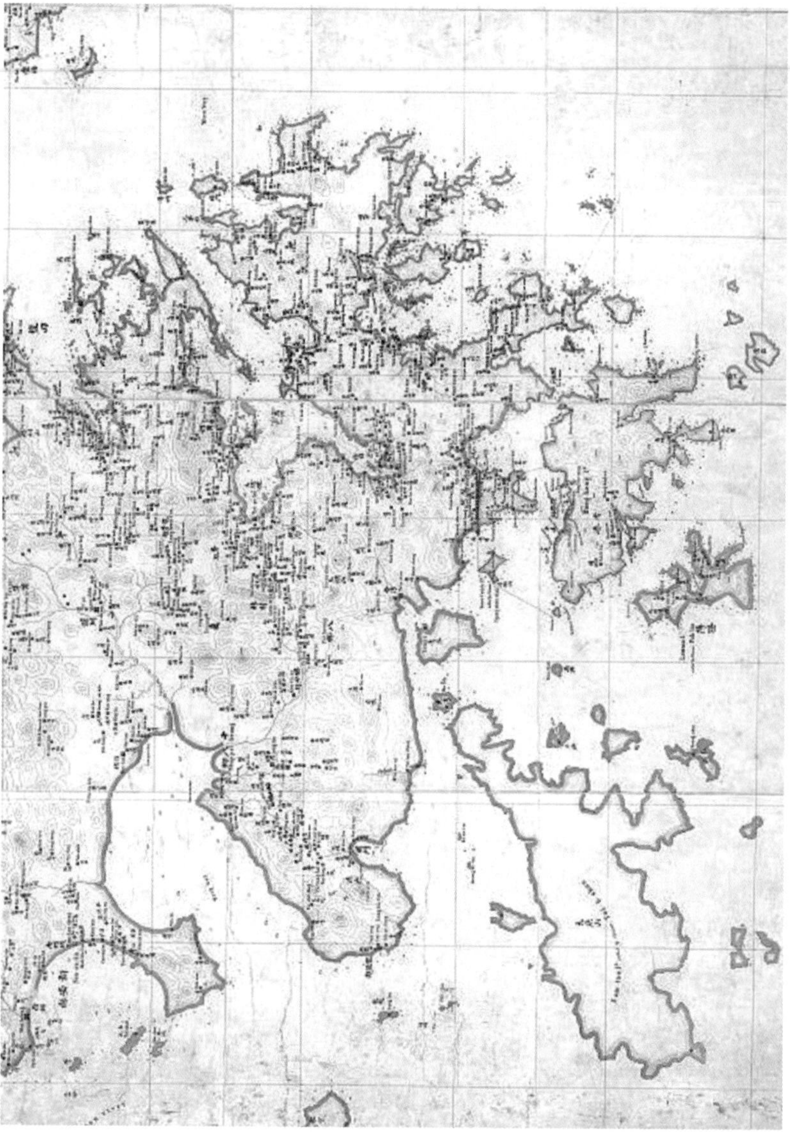

新安縣全圖中的香港部分，包括香港島、九龍、新界地區

Volonteri 地圖單字聲韻表，以長元音 aa 為例

	aa	aai	aao	aam	aan	aang	aap	aat	aak
p			炮					八	柏白
ph		排							
m	麻媽馬		茅		萬	孟			
f	花								
t	打	大帶		淡擔潭水	丹灘		塔		
th					炭			墶？	
n				南					
l				藍纜籃欖	欄爛		蠟		
k	家	界街	蛟滘		澗				隔
kh									
kw									
kwh									
h	下蝦廈			×涵鹹			坑		
ng	衙			岩巖	眼				額
ts		柴							
tsh									
s				嵯三					
ch		寨		插？					
chh									
sh	沙		筲		山				石
sz									
w					灣還環	橫			
j									
o	亞鴉丫			凹			罌		

意在言外：
　　　　誰在喊狼來了？

提　要

　　文本以文為本。作者書寫，用心良苦，以文字經營故事，抒發情懷，一切有意識或潛意識的意旨，都記錄在文字之中。我們對文本的詮釋，也是從文字切入，探討語言背後的涵義。意本在言內，誰解箇中意？——這是我們閱讀任何一個文學作品最大的挑戰。

　　本文試以魯迅的《祝福》為例，從敘事過程、從人物對話、從意象轉移等層面切入，對小說作深一層次的探討，研究祥林嫂的故事中的話語權如何轉移、敘事者在故事中扮演怎樣的一個角色。祥林嫂的故事是通過敘事者「我」的陳述而逐步建構起來，而「我」也是一個被陳述的對象，由作者通過情節安排和語言交換而一步一步呈現在讀者面前。敘事者為什麼要講祥林嫂的故事？狼來了的故事究竟是誰在喊叫，聽的人又是誰？

1. 魯迅的短篇小說《祝福》從1924年發表以來，一直被認為是魯迅小說中最強有力的悲劇作品之一。故事的主人翁是一個叫祥林嫂的鄉下婦女，因夫死改嫁，而被社會排斥摒棄，最後在一個新年將到的深冬晚上死去。這個小說相信大家都很熟悉。

我現在想請大家看一下小說的開篇第一段：

舊曆的年底畢竟最像年底，村鎮上不必說，就在天空中也顯出將到新年的氣象來。灰白色的沉重的晚雲中間時時發出閃光，接著一聲鈍響，是送灶的爆竹；近處燃放的可就更強烈了，震耳的大音還沒有息，空氣裡已經散滿了幽微的火藥香。我是正在這一夜回到我的故鄉魯鎮的。

這一段開篇是從一年終結開始，最後一句是以回到故鄉作結。在這一始一結之間，交代了敘事者遊子他鄉，年終回到老家，正趕上除夕的慶典。短短的一段文字，把放爆竹除舊歲的場面，描繪得十分仔細。魯迅的小說許多都翻成外國文字，也很受歡迎。這一段開篇敘述就有兩種英文翻譯，先列舉如下：

New Year's Eve according to the lunar calendar seems after all more like the real New Year's Eve; for, to say nothing of the villages and towns, even in the air there is a feeling that the New Year is coming. From the pale, lowering evening clouds issue frequent flashes of lightning, followed by a rumbling sound of firecrackers celebrating the departure of the Hearth God; while, nearer by, the firecrackers explode even more violently, and before the deafening report dies away the air is filled with a faint smell of powder. It was on such a night that I returned to Luchen, my native place.

(楊憲益、戴乃迭，1954)[1]

When you came right down to it, the wind-up of the old Lunar Year was what the end of a year should be. To say nothing of the hubbub in the towns and villages, the very sky itself proclaimed the imminent arrival of the New Year as flashes of light appeared now and then among the grey and heavy clouds of evening, followed by the muffled sound of distant explosions—pyrotechnic farewells to the Kitchen God. The crisper cracks of fireworks being set off close at hand were much louder, and before your ears had stopped ringing, the faint fragrance of gunpowder would permeate the air. It was on just such an evening that I returned to Lu Town.

(William Lyell, 1990)[2]

---

[1] Yang Hsien-yi and Gladys Yang, *Selected Stories of Lu Hsun* (Peking: Foreign Language Press), 1954. (編註：中英對照版參《〈祝福〉及其他》，香港：中文大學出版社，2002。)

[2] William Lyell, *Diary of a Madman and Other Stories* (Honolulu: University of Hawaiʻi Press), 1990.

這兩段文字出自名家之手，當然是不可多得的翻譯。但是細讀之下，兩段翻譯營造的氣氛效果、給讀者的感覺都很不一樣。我這裡只略舉幾點說明。

　　第一，兩段文字用的動詞時態迥然相異。楊文用的是現在式（present tense），除了最後一句，改用過去式（past tense）。而 Lyell 的翻譯通篇是過去式，絕無例外。漢語動詞沒有時態的變化，所以我們閱讀原文的時候，並不覺得敘述文字中時態前後有所不同。但是英語是一種講究時態的語言，現在過去都得按一定的語法和語境規則使用。不同的時態會有不同的解讀。上舉兩段翻譯，選用的時態既有分別，請問這不同時態會怎樣影響我們的閱讀？這一點，我們留待後文再作交代。

　　第二，敘事中描寫爆竹的場面，兩段翻譯用的文字頗不相同。楊的敘述用了很多比喻。這些比喻是暴烈（"violently"）、是破壞（"explode"）、是死亡（"dies away"）、是自然的雷電（"flashes of lightning"）、是人世的彈藥（"smell of powder"）。字裡行間看不出有任何一絲慶祝年終的喜悅或者希望。Hearth God 送灶今宵離去，是誰接著而來？敘事者 "I" /「我」偏偏在這時刻登場。他代表的是什麼？他給新的一年會帶來什麼？新的祝願和希望？還是一種恐懼、一個更大的破壞？這個開端，雖然講的是年終慶典，但是整段敘述，語氣沉重，色彩黯淡。讀者感到的是一種懸疑、

一種壓迫。但是我們翻看 Lyell 的翻譯，同樣是描寫爆竹，雖然也有一些火藥的比喻，不過那些語帶兇狠、暴戾的字眼都已經有所替換。彈藥加上了 "fragrance"、爆竹改成了 "muffled sound"、雷電的 "lightning" 轉為 "flashes of light"。描述爆竹燃放強烈之勢，楊的翻譯用 "violently"，Lyell 用的字是 "crisper cracks"；描述爆竹聲響停息，楊用 "dies away"，蘊含著一種死亡的訊息，Lyell 卻選擇一個中性的用詞 "stopped"。暴戾和清脆，死去和停止，兩兩對比，營造的氣氛，絕然相異。凡此種種語言上的暗中轉換，故事的場景驟然不同。Lyell 把楊文中那種可怕的描述徹底抹掉，換上的是一種慶典的氣氛。所以他把放爆竹說成 "pyrotechnic farewell"、在 "towns and village" 前面加上 "hubbub" 一字、把新年的到臨描述是 "proclaiming the imminent arrival of the new year"。這樣的渲染敘述，讓讀者感覺到整個小城是熱鬧騰騰地在送灶迎新，看到敘事者也正是在這一個歡樂的晚上到來故居，共度新年。

第三，楊的翻譯語言比較典雅、凝重、或者說是比較老派，而 Lyell 的翻譯雖然用的是過去式時態，但是語言卻非常現代，而且十分口語化，例如："wind-up"、"came right down to it"、"set off"、"stopped ringing" 等等用詞。而且敘述中出現 "you"、"your ears" 的第二人稱代詞，話語直接指向讀者，就好像是敘事者在和老朋友閒話家常，語氣輕鬆而且親切。用不上幾句交代，就自然

而然地帶動讀者投入整個故事的陳述。

這樣看來，兩段翻譯雖然是敘述同樣的事件，但是效果卻完全相反。楊的翻譯塑造的是一種陰沉、失望、甚至是悲劇性的情境；Lyell卻恰恰相反，輕鬆地、親切地在訴說新年歡樂表演。前者的敘事人「我」似乎是置身事外，所聞所見只是整個傳統中的一點一滴，他被動地、靜靜地從旁觀察；後者的敘事人參與其事，帶動讀者，興致勃勃，顯得十分高興。兩段文字明明是翻譯同一段原文，為什麼同樣的情節敘述，會有這樣迥然相反的效果？顯然，敘述的文字決定我們的解讀。用字遣詞，稍有差異，帶起的聯想，也就各有偏頗。意在文內，我們只有從文本本身切入，才能真正體會文字本身的魔力。所謂意在言外，其實還得從意在文內開始。

我們底下就仔細閱讀魯迅原文，試著分析作者如何書寫，陳述故事，營造張力，從而帶出他心中想說的故事、他筆下所關心的問題。

2.　《祝福》這小說篇幅不長，僅一萬多字，但意象深刻，對吃人的禮教、害人的迷信，以至社會的冷漠無情，都作出尖辛的批評。歷來討論《祝福》的文章也大都側重這一點，大書特書。五十年代，小說改編成電影，強調的也還是階級之間的尖銳衝突。[3]

---

[3]　《祝福》，北京電影製片廠1956年攝製。由夏衍改編，桑弧導演，白楊主演。

不過，小說和電影有一點很不相同。小說中有一個敘事者「我」，而電影卻把敘事者去掉，從頭到尾單一條線敘述祥林嫂的故事。按我用的版本，[4] 原小說共二十四頁，其中寫祥林嫂的佔十七頁，而寫敘事者的卻佔七頁，也就是佔了小說約三分之一的長短篇幅。由此可見敘事者在原故事中扮演一個十分重要的角色。假如《祝福》說的是祥林嫂的故事，為什麼作者不直接了當就由祥林嫂開始？為什麼作者要迂迴曲折、通過敘事者的記憶，追述祥林嫂的故事？我的報告主要就在探討敘事者和故事之間的關係。敘事者為什麼要講祥林嫂的故事？《祝福》究竟是誰的故事？誰在講這個故事？

敘事者在舊曆年底回到故鄉魯鎮，隨後在河邊碰到祥林嫂，瘦削仿似木刻，像是一個乞丐。祥林嫂迎面而來問了一個問題：「人死了以後到底有生命沒有？」敘事者當時並沒有回答這個問題，等祥林嫂死了以後，敘事者給她立傳，追述她的一生，給她一個事後的回答，一個死後的生命、死後的聲音。這似乎是他對祥林嫂的一種交代，遲來的追述，表示一種無可奈何的同情。

2.1.　祥林嫂到底是怎樣的一個人？我們要討論祥林嫂，不得不從祥林嫂這個名字開始。從整個故事來看，祥林嫂是一個沒有過去的人，沒有自己的名字，她的故事、她的生命就從嫁給祥林開始。

---

[4]　《魯迅全集》，第二卷《彷徨》（北京：人民文學出版社，1973），頁139–162。

她的身份是以夫家為本位，因丈夫而得名，而她的命運也就由「祥林嫂」三字來刻定。祥林嫂這名字有幾重意思。第一層意思是她是祥林的妻子，第二層意思是她是祥林弟弟的嫂子。就第一層意思來看，她是祥林之妻，在舊社會中，她就是祥林的擁有物，生是祥林的人，死也是祥林的人。請看她在故事中第一次出現的時候，小說是這樣的描述：

> 頭上扎著<u>白頭繩</u>，<u>烏裙</u>，<u>藍夾襖</u>，<u>月白背心</u>。年紀大約二十六七，臉色青黃，但兩頰還是紅的。衛老婆子叫她祥林嫂。

這一身素色打扮，分明正在孝中。祥林是春天沒的，她冬天來魯家工作還正是給祥林戴孝，所以大家都叫她祥林嫂。再看幾年以後，她第二次回到魯家的時候，一身仍是喪服打扮：

> 她仍然頭上扎著<u>白頭繩</u>，<u>烏裙</u>，<u>藍夾襖</u>，<u>月白背心</u>，臉色青黃，只是兩頰上已經消失了血色。……

幾年下來，同樣的白頭繩、烏裙、藍襖，原來的喪服，似乎一直沒有脫下，她仍然還在給祥林戴孝。但事實上，這是她二嫁丈夫之死。二嫁丈夫是賀老六，但是在眾人口中，「大家仍然叫她祥林嫂」。祥林雖死多年，她已經另嫁作別人婦，但是在眾人眼中，她仍然屬於祥林。正因為這樣，她的再嫁被眾人視為無恥，被當做

不貞。在魯家主人四嬸眼中，

> 這種人雖然似乎很可憐，但是敗壞風俗的；用她幫忙還可
> 以，祭祀時候可用不著她沾手，一切飯菜，只好自己做，否
> 則，不乾不淨，祖宗是不吃的。

女人的存在，只在於男人的擁有，連死後也還是屬於男人。所以
在傭人柳媽口中，祥林嫂前後二嫁，死後閻王要把她的屍體一鋸
為二，償還給前後兩個男人。

　　從另一個層面來看，祥林嫂的「嫂」字，是指兄之妻，這也就
是強調她在夫家的身份和職責。她既是祥林弟弟的嫂子，所以她
對這個小叔子有一定的家庭責任。丈夫死了以後，小叔子要娶老
婆，「不嫁了她，哪有這一注錢來作聘禮？」婆家把她奪了回來，
逼她再嫁，就是要把她賣入深山野墺裡去，得些銀兩，好作小兒
子娶媳婦之用。祥林嫂身負嫂子之名，也就理所當然要為小叔子
犧牲自己。

　　祥林嫂一名二義，也就界定她的兩重身份。她既是祥林之
妻，所以不可以再嫁，但她又是祥林弟弟的嫂子，她不得不再
嫁。在婚姻道德層面，她要為祥林保存身體，但是在夫家的利害
關係上，她一定要出賣身體。她從無名而有名，而這個別人給她
的名字也就決定她在別人眼中扮演的角色，嫁與不嫁，兩難齊

全。一個看似簡單的稱謂，正扣住她命運中不可解決的矛盾。

2.2. 祥林嫂既沒有自己的名字，也沒有自己個人的身份。在別人眼中，她到底是誰？代表什麼？她是一個女人，擁有的只是她自己的身體，她的工作就是發揮她身體的功能，用她本有的原始能力替別人服務。她嫁入第一個家中，比丈夫祥林大十歲，而她喪夫的時候是二十六七歲，所以丈夫當時最多也只有十六七歲。這也就是說他們老妻少夫，結婚顯然不是為了男女相悅。她嫁與祥林既不是為了愛情，那麼這種婚姻安排只有兩個目的，一是為男家生孩子繼承香火，一是給婆家增添工作勞動力。祥林嫂並沒有為丈夫生下一男半兒，沒有盡上做妻子的第一個責任，於是發揮勞動力這第二個責任，她就必得肩負，無從推卻。婆家來要人的時候，用的正是這個理由：

> 開春事務忙，而家中只有老的和小的，人手不夠了。

從故事的發展來看，「人手不夠」當然只是一個藉口。婆家把她擄回家中，其實是要把她轉賣山塢，逼她改嫁。這也就是說，在婆家的控制底下，她的身體可以發揮耕種的功能，她的身體也可以像貨品一樣，轉銷牟利，換取銀兩。犧牲自我，是她無法抗拒的安排。

祥林嫂進入第二個家庭，她卻發揮了身體的生育功能，給賀

老六生了一個兒子。孩子叫阿毛。後來丈夫得病死了，但是她還能留在賀家，就因為她是阿毛的母親，她的工作就在照顧賀家的子嗣，盡母親的責任。可是一等到阿毛不幸被狼吃了以後，她在賀家的功用也就全盤告消。大伯逐趕，自是意料中事。祥林嫂前後二婚，第一婚受控於婆婆小叔子，第二婚雖沒有婆婆，但是夫家夫權還在，受控於大伯。在兩個家庭中，她的存在都只在於她有可供利用的價值。她的身體就等同是一個勞動的工具，一個擔任生產、負責生育的工具。

我們說祥林嫂等同工具，發揮身體的功能來換取她的生存。她就是以工具的身份進入第三個家庭，當魯四家的傭人。而祥林嫂也是主人喊傭人的稱謂，這是她名字的第三重涵義。祥林嫂在魯四家充分發揮她的勞動力。

> 魯四老爺家裡僱著了女工，實在比勤快的男人還勤快。到年底，打掃、洗地、殺雞、宰鴨，全是一人擔當，竟沒有添短工。

在魯四爺眼中，祥林嫂雖然是一個寡婦，招人討厭；但是作為一個勞役的傭人來說，她的身體抵得過一個男子，所以魯四能接受她。

可是當她第二次回到四爺家的時候，剛經過喪夫喪子的慘痛，她的手腳已經沒有以前靈活，記性也開始壞得多。她的身體

不能再像從前那樣發揮工作能力，她的生存價值也就馬上成為疑問。故事裡特別提到：最後她甚而常常忘卻了去「淘米」。

淘米是祥林嫂在魯家的主要工作。淘米做飯是飲食事項，小說中屢屢用食物來比喻祥林嫂的功能。祥林嫂被綁架的一段，四爺是怎麼發現的？

> 「啊呀，米呢？祥林嫂不是去<u>淘米</u>了麼？」好一會，四嬸這才驚叫起來。她大約有些餓，記得午飯了。於是大家分頭尋<u>淘籮</u>。她先到廚下，次到堂前，後到臥房，全不見<u>淘籮</u>的影子。四叔踱出門外也不見，直到河邊，才見（<u>淘籮</u>）平平正正的放在岸上，旁邊還有一株菜。

四嬸因想到飯，才想到了祥林嫂。他們到處去找，但是他們找的不是祥林嫂，而是淘米的籮。這短短的一小段敘述，從找人而跳到找淘籮，筆鋒一轉，顯然作者有意借用淘籮來代表祥林嫂。淘籮是一種工具，淘米做飯就成了她在魯家生存的唯一意義，等到她不能淘米了，她也就喪失當傭人的功能。她被趕出魯家，也只是遲早會發生的事。在前後三個不同的家庭中，周遭的人雖然不一樣，有鄉下勞動階級，也有鄉紳世家，但是在眾人眼中，她只不過是一個工具，身體功能界定她的存在。工具無用，也就沒有保留的必要。

不過就在她淘米功能退減的時候，魯鎮又給了祥林嫂一個新的工作，也就是給鎮上的人講故事，發揮說話的本能。她敘說兒子阿毛被狼吃的故事，引來不少聽眾，讓他們「歎息一番，滿足的去了」。「滿足」本來就是對食物而言。祥林嫂在講故事的時候，依然還是在發揮她準備食物的功能。不過她的故事多講以後，鎮上的人的反應是：

> 她的悲哀，大家<u>咀嚼</u>鑒賞了許多天，早已成為<u>渣滓</u>，只值煩厭和<u>唾棄</u>。

請注意，作者在這裡選用的字眼很特別，「咀嚼」、「渣滓」、「唾棄」，這些都是和食物有關的比喻。顯然，小說處處都把祥林嫂和食物扣連在一起。從原先在魯家淘米，到現在為鎮上的人講故事，她一直是為他人準備食物。用雙手洗菜做飯，用嘴裡的話語來讓人咀嚼，在整個轉變過程中，她可以供給眾人享用的要不是自己勞動做出的茶飯，就是陳說自己痛心的慘事。勞力勞心，祥林嫂原是生產的工具，現在已經淪為是一件被眾人「看得厭倦了的陳舊的玩物」。從人而逐步被物化，最後只有「形骸露在塵芥裡」，等待收拾。

2.3. 淘籮是小說中一個重要的象徵。小說前後不斷出現和籮有關的形象，用盛具代表食物的功能。盛具中到底盛放的是什麼？祥

林嫂在河邊淘米，淘籮中盛載的當然是米，等到四叔在河邊找到淘籮的時候，只見「旁邊還有一株菜」。一個形象二用，淘籮盛放的已經從米轉為祥林嫂本身，淘籮已空，正象徵祥林嫂的消失。祥林嫂用淘籮給魯家準備米飯，但結果是被擄轉賣，自己反成了婆家的飯食。

籮空人去這比喻在小說中屢次出現。緊接著空淘籮事件之後，就發生空籃子的事件。祥林嫂的兒子阿毛拿了小籃盛了一籃豆子，坐在門臺上剝豆，結果被狼吃了。祥林嫂到處找，找到山裡，看見：

> 他躺在草窠裡，肚裡的五臟，已經都給吃空了，手上還緊緊地捏著那隻小籃呢。

阿毛的遭遇就像祥林嫂的命運一樣，籃在人空。阿毛成了狼的食物，弱肉強食原是自然世界不可避免的現象。他的身體奉獻給大自然，他身旁的籃子就成了獻祭的盛具。

祥林嫂二嫁之後再回到魯四家的時候，帶來一個荸薺式的圓籃，這是小說中第三次出現盛具這形象。祥林嫂在困境中重臨魯家，也就等於賣身投靠，把自己放在荸薺籃子交給魯家。不過因為她是再嫁之身，眾人都覺得她身子不乾不淨，不再讓她準備飲食。柳媽勸她去土地廟捐一條門檻，「贖了這一世的罪名」。於是

她用上快一年的時間，拼上自己的勞力換取十二塊大洋，在土地廟捐了一條門檻作替身，讓千人踏萬人踩，補贖罪過。可是門檻並不能代表她的身體，並不能贖罪。在魯家眼中，她仍然是不乾不淨的身子。人之將亡，如何贖罪成了她死前唯一的祈望。她既然一無所有、一無所能，最後只有把自己僅有的身體奉獻出去，請神明享用，藉以減輕自己生前的罪孽，減少死後的懲罰。

魯鎮年終的風俗是準備福禮，上祭神明。福禮也就是準備各種肉食，上插筷子，供奉陳列：

> （雞鵝豬肉）煮熟之後，橫七豎八的插些筷子在這類東西上，可就稱為「福禮」了。五更天陳列起來。

小說是怎麼描述祥林嫂臨死前的形象呢？

> 她一手提著竹籃，內中一個破碗，空的；一手拄著一支比她更長的竹竿，下端開了裂……

破碗是空的，但盛具中盛放的應該是她準備的牲醴，祈求神靈。門檻既不能代表她的身體，年終歲晚，她唯有把自己的身體奉上，下端開裂的竹竿就好比筷子，插在自己身上，當做僅有的最終牲醴。她從進入魯家開始，就一直離不開為別人準備食物，而她最後準備的食物卻是她自己。

祥林嫂被眾人折磨，被視為「玩物」，死前一晚，身子「像是木刻似的，只有那眼珠間或一輪，還可以表示她是一個活物。」從玩物、到活物、以至最後成為祭獻的食物，生前死後都逃脫不了被犧牲的慘劇。「吃人」原是魯迅常用的比喻，批判舊社會禮教的虛偽和壓迫。祥林嫂的死最能表現出這種吃人的可怕。狂人翻開歷史，每頁的字縫裡邊都寫著「吃人」兩個字。祥林嫂奉上自己的身體，作為祭獻的牲體，「吃人」的形象溢於言表，「吃人」二字已經不必再要從字裡行間去找。

3.　　祥林嫂周圍的人，從婆家到魯家、以至整個魯鎮的人，代表的是壓迫的階層，都在利用她的身體，從中榨取利益。敘事者的出現，是一個轉機。對祥林嫂來說，這是一個新人物，代表一個新希望。她在河邊遇見敘事者，她說：

> 這正好，你是識字的人，又是出門人，見識得多，我正要問你一件事。

敘事者成了她尋求答案的對象。但是在這所謂新人物的眼中，祥林嫂又是怎樣的一個人？敘事者後來把她的半生事跡聯成一片，替她立傳，似乎是正面肯定了這一個婦人，替她抱不平。河邊相

遇是故事中一個轉捩點，相遇時究竟發生什麼事情，讓敘事者事後感到有追敘祥林嫂故事的必要？兩人對話之間提到些什麼問題？牽涉到什麼樣的事故？是祥林嫂前來求助還是求證？敘事者是如何面對這無助的婦女，如何幫助她解決心頭的憂慮？一個是新世界的人物，一個是舊社會的受害者，兩人河邊巧遇，相互之間表現出來的是一種新獲得的諒解和妥協？還是新舊之間的對立和張力，依然如舊，悲劇無法避免？我們試從文本中找尋端倪，分析作者是怎麼書寫這一段故事。

4.　《祝福》這小說是以倒敘的形式來交代情節。故事一開始是先交代敘事者回到離別五年的魯鎮，趕上年終祝福大典，故事最後是以慶典開始作結，前後共三天。敘事是直線進行，就在第三天晚上，他聽到祥林嫂之死，他獨坐在黃光的菜油燈下，沉思往事，最後在爆竹聲中驚醒。就在這沉思之中，在祝福慶典開始之前，敘事者編造出了一個故事。換言之，這個故事是在順序的發展中，抽空而另外騰出一段時間、營造一個空間，用倒敘的方法補述祥林嫂的故事。

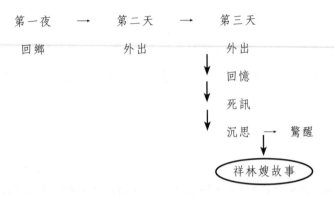

倒敘追述是《祝福》這小說的一大特色。其實在這燈下回憶祥林嫂的故事之前,還有另一段祥林嫂的故事也是用倒敘形式追述。敘事者回鄉後第二天起得很遲,午飯後出去看幾個本家和朋友,第三天也照樣,下午回到四叔家中,感到極無聊賴,然後想起第二天遇見祥林嫂的事件。這是小說裡第一個追述,也是通過這回憶第一次交代祥林嫂的地方。

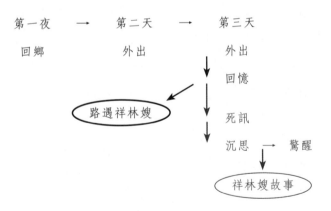

請看這個回想追述開始的第一句：

無論如何，我明天決計要走的了。

從追思中醒來，最後一句，依然還是那句：

無論如何，我明天決計要走的了。

所以在形式上，追述的整段前後都有清楚的界定標誌。

4.1. 從故事的發展過程來看，我們知道敘事者決計要走必定和祥林嫂有關，但是在敘述上，敘事者卻說：

<u>況且</u>一想到昨天遇見祥林嫂的事，也就使我不能安住。

用「況且」兩字，就是表明「不能安住」的原因，並不只是為了祥林嫂。但究竟是什麼道理？整個敘說，從頭到尾都沒有提及。我們也許可以說根本沒有其他原因，祥林嫂就是他要走的唯一原因。那麼，敘事者為什麼要閃爍其詞，大題側寫？是否他不願意正視此事，故意在言詞上掩蓋心底的不安？也許，我們要問，敘

事者和祥林嫂在河邊相遇，到底發生什麼事，會讓敘事者感到如此不安？讓我們再看這次河邊相遇的情形：

> 那是下午，我到鎮的東頭訪過一個朋友，走出來，就在河邊遇見她；而且見她瞪著眼睛的視線，就知道明明是向我走來的。……我就站住，預備她來討錢。

我們從兩人在河邊的步伐挪動，可以看得出他們之間的進退關係。敘事者站住，正預備伸出同情之手，等她來討錢。但是從行動上來看，敘事者其實處在一個不動或者是被動的地位。是祥林嫂先舉步向他走過來，也是祥林嫂第一個先說話。

「你回來了？」她先這樣問。

我們從整個小說來看，祥林嫂一直是一個深受欺壓的被動人物，但在河邊相遇這一段中，她卻一反常態，完全採取主動的步伐。她雖然是癡呆像木刻一般，但是她的一言一語，表現出來是一個十分清醒的人。敘事者闊別五年，但是她一眼就認出是誰，一口就道出他的經歷。她眼睛發亮，顯然是敘事者的出現，給她帶來了新的希望。但是敘事者在整個相遇過程中，卻完全處於被動；他給她帶來的到底是希望還是失望？我們這裡不憚其煩，引錄全文，並在引文中把重要的字句加底線，以便討論：

她走近兩步，放低了聲音，極秘密似的切切的說，「一個人死了之後，究竟有沒有靈魂的？」我很悚然，一見她的眼釘著我的背上也就遭了芒刺一般，比在學校裡遇到不及預防的臨時考，教師又偏是站在身旁的時候，惶急得多了。對於靈魂的有無，我自己是向來毫不介意的；但在此刻，怎樣回答她好呢？

　　我在極為短期的躊躇中，想，這裡的人照例相信鬼，然而她，卻疑惑了……或者不如說希望，希望其有，又希望其無……。人何必增添末路人的苦惱，為她起見，不如說有罷。「也許有罷，……我想。」我於是吞吞吐吐的說。

　　「那麼，也就有地獄了？」

　　「阿！地獄？」我很吃驚，只得支梧著。「地獄？……論理，就該也有。——然而也未必，……誰來管這等事……。」

　　「那麼，死掉的一家人，都能見面的？」

　　「唉唉，見面不見面呢？……」這時我已知道自己也還是完全一個愚人，什麼躊躇，什麼計劃，都擋不住三句問。我即刻膽怯起來了，便想全翻過先前的話來。

　　「那是，……實在，我說不清……。其實，究竟有沒有靈魂，我也說不清。」

在兩人對話中，祥林嫂一連提出三個問題，顯然她以為自己終於找到請教的對象，可以幫助她解決心中的疑團。但是敘事者對這三個問題是怎麼的反應作答呢？

祥林嫂第一個問題是：「人死了以後究竟有沒有靈魂？」敘事者的反應先是「悚然」，繼而「惶急」，最後「躊躇」。他的躊躇並不在於他能不能回答這個問題，而是在於如何讓自己不去回答這個問題。人死之後的存在本來是一個抽象或者哲學性、宗教性的問題；但對祥林嫂來說，這是最切身不過的問題，是真正生死相關的問題，是死後會不會遭受閻王分屍的問題。但是這眼前的逼切，對敘事者來說，毫無意義。他把發問比作「臨時考」、教師就站在身旁的情形。他關心的不是祥林嫂，而只是自己，自己如何表現，如何把事情對付過去，又或者是如何不負責任的對付過去。他最後的回答是：

也許有吧——我想。

短短只有六個字，只有「有」字是一個答覆，其他五個字：「也許」、「吧」、「我想」，表達的不但是猶豫，而且處處都在否定這個「有」字的回答。「吞吞吐吐」的回答等於空話，沒有回答。他不敢回答祥林嫂的追問，只有用遁詞去抵擋。

祥林嫂第二個問題是問地獄的有無。敘事者聽了很「吃驚」，

「支梧」作答：

　　論理就該也有，然而也未必。

前後兩句，自我矛盾；「有」和「未必」相互抵消。敘事者口中推搪，正是他心中感到的惶恐。到了祥林嫂提出第三個問題：死後家人都能見面嗎？敘事者根本沒有辦法回答。他「膽怯」起來，只用了「說不清」三字對付。他前後三個回答，從猶豫到矛盾到不知，他的反應從「悚然」到「吃驚」到「膽怯」，表現出來的是一種懦弱無能，而這個懦弱無能的人正是一個知識分子。

第一問：究竟有沒有靈魂？	第一反應：悚然、惶急、躊躇
	第一回答：也許有罷、我想
第二問：也就有地獄了？	第二反應：吃驚、支梧
	第二回答：地獄？論理就該也有
	……然而也未必……
	誰來管這事？
第三問：死掉的一家人都	第三反應：躊躇、膽怯、推翻前言
能見面的？	第三回答：見面不見面？那是……
	實在，我說不清。

　　相反地，在語言上，祥林嫂的話語是從疑問而至肯定。祥林嫂提出的三個問題，其實只有第一個是問題：「究竟有沒有靈魂？」──很清楚這是一個正反問句。第二個問題提問的形式

是：「也就有地獄了」，這其實不是問題，而是一種推理，要是有靈魂，當然也就有地獄。第三問是：「死掉的一家人都能見面的」，這明明是一個肯定句，是一個結論。既有地獄，死後見面自必然發生。三問之中，只要回答了第一個問題，和第一個問題有關的答案，也就全盤而至。死後既有地獄相會的可能，那死後閻王分屍也就是一個不可逃避的結局。這顯然是祥林嫂自己思索的過程，三問三答終於證實她心底最大的恐懼。

祥林嫂的反應是如此的絕望，敘事者的反應，也可以從他使用的句子形式看到他內心的憂慮和恐懼。他對祥林嫂第一個提問作出的回答是一個不肯定的肯定句：「也許有吧我想」，對第二個提問是先表詫異，接著是再表疑問的兩字句：「阿！地獄？」。對第三個問題，他的回答是一句「見面不見面」的正反疑問句。從肯定句到疑問句、和祥林嫂從疑問到肯定的進展，恰恰相反。而且「見面不見面」和祥林嫂原先提出的第一個問題「有沒有靈魂」一樣，都是正反問。但是同樣問句的形式，表現出來的卻是兩人完全不同的內心掙扎和困惑。敘事者的回答讓祥林嫂找尋自己的答案，而祥林嫂的提問卻使敘事者陷入困境之中，陣腳大亂。對於原來的問題「究竟有沒有靈魂？」，敘事者原先還可以吞吐其詞，用「誰來管這事？」一句反問來推搪。但是祥林嫂一步一步的逼問過來，這個代表希望的新知識分子卻一步步崩潰，無法招擋。最

後只有借用「說不清」的藉口逃脫，邁步跑回四叔家裡，而四叔代表的是一個封建迷信的舊世界。

4.2. 敘事者為什麼不能回答祥林嫂的問題？顯然他是感覺到他的回答會對祥林嫂有很大的影響。他說：

> 心裡覺得很不安逸。自己想，我這答話怕於她<u>有些</u>危險，她<u>大約</u>因為在別人的祝福時候，感到自身的寂寞了，然而<u>會不會</u>含有<u>別</u>的什麼意思的呢？——<u>或者</u>是有了<u>什麼</u>預感了？倘有<u>別的</u>意思，又因此發生<u>別的</u>事，則我的話委實該負<u>若干</u>的責任。

這是敘事者的自咎告白，承認他對事情該負的責任。但全篇自白陳詞，用的很多是虛詞：「有些」、「大約」、「會不會」、「別的」，「什麼」、「若干」等等。大段自白沒有一句直接說明他心中害怕的是什麼。這也就是說他不能面對整個事件的嚴重性。他知道祥林嫂是來向他求救，但是他不知道如何回答，應該如何負起這個責任，而且也不願意負起這個責任。他心中惶恐，心底懼怕，於是他需要開脫、逃避。他在告解中，說與不說之間，故意隱約其詞，似乎不說清楚事件，事態的嚴重性也就減輕了。他逃到四叔的書房裡，他還要逃到城中福興樓去吃魚翅。這麼一想，他的思路轉去一些無關痛癢的問題：福興樓增價沒有？往日同學還在

嗎？話題一轉，祥林嫂的問題似乎馬上從他的意識中消失。他說明天決計要走，顯然是想從祥林嫂的事件中逃離，把祥林嫂的陰影給徹底驅除。

祥林嫂的死訊來得突然，敘事者頓時的反應是：

> 死了，我的心突然緊縮，幾乎跳起來，臉上大約也變了色。但他（沖茶短工）始終沒有抬頭，所以全不覺。我也就鎮定了自己。

心肌緊縮，臉色變白，正是說明他心底深深感到祥林嫂的死和自己有關。但是他又深怕面對這個責任。於是要想盡辦法來掩藏自己的矛盾，極力替自己開脫。他在窗前黃油燈下，細想從前，這就是小說中第二個追憶。

> 我靜聽著窗外似乎瑟瑟的雪花聲，一面想，……

追憶醒來，他感覺到的不再是悲哀，不是惶恐，也不是膽怯，他反而覺得「漸漸的舒暢起來」。是什麼教他舒暢起來？是窗外瑟瑟的雪聲？是黃色的菜油燈光？還是他記憶中自己重寫的祥林嫂故事？下文緊接的是祥林嫂故事的正文。我們就且從他回憶中的祥林嫂故事來進一步分析。

5.　上文已經指出，《祝福》這故事的一大特點就是通過許多回憶來交代情節。這一段回憶是小說中第二回追敘，交代祥林嫂一生的故事。而這一大段回憶其實是由許多小段回憶湊合而成。大體而言，可以分成七段追敘：

一、祥林嫂的出現，由中人衛老婆子介紹，追敘她的身世：

> 大家都叫她祥林嫂；沒問她姓什麼，但中人是衛家山人，既說是鄰居那大概也就姓衛了。

二、祥林嫂的第一個家庭，由別人打聽才得知她家裡有婆婆和小叔子：

> 別人問了才回答……這才陸續知道她家裡還有嚴厲的婆婆；一個小叔子，十多歲，能打柴了。她是春天沒了丈夫的；他本來也打柴為生，比她小十歲；大家所知道的就只是這一點。

三、祥林嫂被擄，由旁人看見，事後轉述報告：

> 看見的人報告說，河裡面上午就泊了一隻白篷船，篷是全蓋起來的，不知道什麼人在裡面……待到祥林嫂出來淘米，剛剛要跪下去，那船裡便突然跳出兩個男人來，像是山裡人，一個抱住她，一個幫著，拖進船去了……

四、祥林嫂的第二個家庭，由衛老婆子回來報知祥林嫂被逼再嫁：

「她麼？」衛老婆子高興的說，「現在交了好運了。她婆婆來抓她回去的時候，是早已許給了賀家墺的賀老八的，所以回家之後不幾天，……只要用繩子一捆，塞在花轎裡，抬到男家……，她一路只是嚎、罵，抬到賀家墺，喉嚨已經全啞了。拉出轎來……，他們一不小心，一鬆手，啊呀，阿彌陀佛，她就一頭撞在香案角上，頭上碰了一個大窟窿，鮮血直流……直到七手八腳的將她和男人反關在新房裡，還是罵，啊呀呀，這真是……」

五、祥林嫂重回魯四家，由衛老婆子陪同，告知祥林嫂喪夫喪子，被大伯驅逐的遭遇：

衛老婆子領著，展出慈悲模樣，絮絮的對四嬸說：「……她的男人是堅實人，誰知道年紀青青，就會斷送在傷寒上？……幸虧有兒子……本來還可以守著，誰知道那孩子又會給狼銜去的呢？……大伯來收屋，又趕她，她這是走投無路了……」

六、祥林嫂自己追敘兒子被狼吃的故事，見下文。

七、柳媽和祥林嫂的對話，補述當日被逼再嫁的事，見下文。

這七段追敘，把祥林嫂的遭遇，按時間前後，一一補上。我們細看這些追敘，說話的人都是哪些人？主要事件都是由衛老婆子口中道出。換言之，祥林嫂的故事大部分是由別人的話語串聯而成。祥林嫂的生平事跡，由別人轉述。她一生受人控制，身體屬於別人所有，最後連自己最切身的故事也都轉到別人口中。在第一次追敘中，祥林嫂在河邊相遇主動的追問敘事者，相互對立；但在第二次的追敘中，祥林嫂聲音不再，失去說話的能力。我們知道聲音的喪失，往往是代表一個人喪失自己的自主權，祥林嫂突然啞掉，當然更強調她的被動性，和她重重受壓迫受控制的處境。但是從故事陳述的層面來看，這裡有兩個問題更有待研究。第一個問題是：為什麼在第二段的追敘中，祥林嫂變成一個沒有聲音的人？第二個問題是：祥林嫂在這一段追敘中，是否真的沒有聲音？

5.1. 我們先看第二個問題。如上所述，七小段的追憶中，五段是由別人旁述報告。真正能算是祥林嫂自己話語的，只有關於兒子阿毛遭狼的一段。而這一段話語，前後重複兩次。情節和文字基本上完全相同。

> 「我真傻，真的，」祥林嫂抬起她沒有神彩的眼睛來，接著說。「我單知道下雪的時候野獸在山墺裡沒有食吃，會到村裡來；我不知道春天也會有。我一清早起來就開了門，拿小

籃盛的一籃豆，叫我們阿毛坐在門檻上剝豆去。他是很聽話的，我的話句句聽，他出去了。我就在屋後劈柴，淘米，米下了鍋，要蒸豆。我叫阿毛，沒有應。出去一看，只見豆撒得一地，沒有我們的阿毛了。……我急了，央人出去尋。直到下半天，尋來尋去尋到山墺裡，看見刺柴上掛著一隻他的小鞋。大家都說，糟了，怕是遭了狼了，再進去，他果然躺在草窠裡邊，肚裡的五臟已經都給吃空了，手上還緊緊的捏著那隻小籃呢。」

敘事者為什麼要讓祥林嫂重複這段悲慘的往事？為的是想加強祥林嫂故事的悲劇性？祥林嫂每一次說起阿毛被狼吃的事，都是噩夢重現，痛苦不堪。但是對聽的人來說，祥林嫂的訴說只是在說書表演，阿毛遭狼只是一個賺人熱淚的故事而已。追敘的文字把同樣的故事重複兩次，在效果上更是加強說書人再次登場的表演，所以觀眾也就有了預期性的反應：

直到她說到嗚咽，她們也就一齊流下那停在眼角上的眼淚，歎息一番，滿足的去了，一面還紛紛的評論著。

聽眾的眼淚原早已準備好了，只等待那戲劇性、高潮一刻，才一起流下。既然是一場表演，那麼這個悲劇事件的真實性，受害者日夜不忘、慘痛猶新的感受，也就相對性的淡化減輕。敘事者對

整個遭狼喪子事件的結論是：

這故事倒頗有效。

阿毛遭狼是祥林嫂的親身遭遇，是她真正擁有的故事。她每次說故事開頭的引子是「我真傻，真的」五字——這五字帶出的是她慘痛的回憶。但不久之後，只要她一開首用上引子「我真傻，真的」，別人就會搶著說：

「是的，你是單知道雪天野獸在深山裡沒有食吃，才會到村裡來的。」他們立即打斷她的話，走開去了。

這心酸五字的開場白，原先還屬於祥林嫂所有，但套語一經被奪，說故事的權利也就頓然喪失。雖然祥林嫂心有不甘，還極力找尋機會，希望從別的話題上重新奪回她說故事的權利，但是這個機會最後也被堵截了。

但她還妄想，希望從別的事，如小籃、豆，別人的孩子上，引出她的阿毛的故事來。倘一看見兩三歲的小孩子，她就說：「唉唉，我們的阿毛如果還在，他就有這麼大了……」後來大家又都知道了她的脾氣，只要有孩子在眼前，便似笑非笑的先問她，道：「祥林嫂，你們的阿毛如果還在，不是也就有這麼大了麼？」

到了這時候，祥林嫂追述自己往事的權已歸大家所有。別人可以佔用她的開場白，也可以終止她的敘述。祥林嫂說故事的聲音沒有了。她知道「自己再沒有開口的必要了」。

5.2.　不過，祥林嫂失去說「狼來了」的故事不久以後，敘述又給她編排了一個新故事。那就是她和柳媽的對話。柳媽是魯家找來幫忙洗刷器皿的傭人，是一個善女人，吃素、不殺生。魯家不讓祥林嫂準備伙食，她只有坐著看柳媽洗刷。柳媽看見祥林嫂臉上留有傷疤，於是好奇的問：

> 「我問你，你額角上的傷疤，不就是那時撞壞的麼？」
>
> 「唔唔。」她含糊的回答。
>
> 「我問你，你那時候怎麼後來竟依了呢？」
>
> 「我麼？……」
>
> 「你呀，我想，這總是你自己願意了。不然……」
>
> 「啊啊，你不知道他力氣有多麼大呀。」
>
> 「我不信，我不信你這麼大的力氣，真會拗他不過。你後來一定是自肯了，倒推說他力氣大。」

這一段對話，重新引入當年祥林嫂再嫁的往事，是追敘中的再追敘。但這一段追敘，到底有多少是真的？祥林嫂被逼改嫁，撞香案求死，額上留下一塊傷痕，應該是她貞烈的標誌。不過這

塊瘡疤卻逗起柳媽意淫的聯想、挑逗的話語。祥林嫂當年的道德表現，全盤被否定。相反地，在柳媽的話語中，祥林嫂變成一個自願再嫁的婦人，而再嫁是女人最大的罪名。

> 「你想，你將來到陰司去，那兩個死鬼的男人還要爭。你給了誰好呢？閻羅大王只好把你鋸開來，分給他們。」

祥林嫂故事的改寫，由抗婚不依到「後來變依了」，全是由柳媽一手包辦。柳媽從盤問到最後肯定，自己締造了一個祥林嫂的新故事。祥林嫂雖是這個新編故事的主角，但她只是被敘述的對象，並沒有參與敘述的過程。柳媽給了她一個不貞的過去，也給了她一個可怕的將來——一個因不貞而遭閻王分屍的結局，一個最後連她自己也深信不疑的祥林嫂故事。

《祝福》敘述的是祥林嫂的故事。但是仔細地看，祥林嫂的故事都是通過追敘、或者是追敘中的追敘，拼湊而成。祥林嫂究竟是誰，我們根本不知道。她未嫁祥林以前的生命，是一片空白。我們知道的只是她成了祥林嫂以後的事，也就是進入魯鎮之後，祥林嫂才成了敘述的對象。敘事者所關心的，正和鎮上的人一樣，是祥林嫂的故事，而不是這個女人自己的故事。故事敘述的定點不動，永遠停在魯鎮。魯鎮以外的事，全由旁人補白，敘事者的觀點和魯鎮一樣。祥林嫂是魯鎮觀察的客體，是敘事者敘

述的對象。她永遠只是一個外在的客體，正如敘述她故事的第一句是：

她不是魯鎮人。

正因為她是被敘述的對象，所以敘述的權利過程全掌握在敘事者的手中或口裡。陳述多寡簡繁，由說話者決定。我們這就回到第一個問題上：為什麼在這一大段的追述中，祥林嫂會被奪去說話的權利？

5.3. 我們試比較上面討論過的兩大段追敘。在第一段追敘河邊相遇的故事中，祥林嫂是主動地在追問敘事者，聲音迫切。她有自己的想法、推理，也有自己的說話聲音。這一種說話的聲音使到敘事者害怕、退縮、逃避，從而引起他心中的內疚惶恐。在第二大段的追敘中，祥林嫂被奪走話語權，聲音不再，她的威脅力蕩然無存。她不再是一個主動者，她只是一個被觀察、被陳述、被嘲笑的對象而已。對敘事者來說，她不再是一條「芒刺」，讓他覺得悚然膽怯。

再進一步仔細查看，在第二大段的追敘中，根本沒有敘事者的出現。第二段追敘是敘說祥林嫂是如何被鎮上的人欺壓成瘋的過程。敘事者似乎身不在場，也就是他和欺壓的事毫無關係。他只是一個事後從旁觀察的敘事者，也就是說祥林嫂的死是由鎮

上其他的人造成，他並不負責。這樣一來，敘事者在第一個追敘中所感到的不安，懷疑自己對祥林嫂的死得負上若干責任的驚惶和內疚，到了第二個追敘中，當然也就一掃而空，心中自然舒暢起來。

其實從小說的發展來看，我們知道在整個祥林嫂故事中，敘事者很多時候都身在魯鎮。敘事者在故事一開始就說：

> 我這回在魯鎮所見的人們中，改變之大，可以說無過於她的了。五年前的花白頭髮，即今已經全白……

五年前，敘事者見過祥林嫂。她當時頭髮已經花白。我們可以追查祥林嫂的頭髮是什麼時候開始花白起來的？故事中交代得十分清楚，是她再嫁、喪夫喪子，後來在土地廟捐了門檻，自以為能洗脫不貞的罪名，卻又還被四叔視作敗壞風俗，不准上香，她經過這一連串悲慘的遭遇之後，小說說：

> 這一回她的變化非常大……不半年，頭髮也花白起來了。

一對比前文，顯然第二次追敘中的事情都發生在五年以前，那時候敘事者還在魯鎮。祥林嫂死前在河邊看見他，就搶前來問。顯然敘事者和祥林嫂一定認識。在鎮人欺壓祥林嫂的過程中，敘事者確實身在魯鎮。他事後敘說事情經過，但請問事發的時候，他

做過什麼？他顯然只是從旁觀察，一無所動。他真正有所參與的事就是在河邊相遇的這一段對話，而相遇當天夜裡，祥林嫂就死了。祥林嫂的死分明與此相遇之事絕對有關，這也就是他在第一段的追敘中之所以感覺到「我這答話怕於她有些危險」。但是在第二段的追敘中，隻字不提相遇，甚至連祥林嫂的死，也完全隱去。在敘事者最後的交代中，他只是在追問：

> 她是從四叔家出去就成了乞丐的呢，還是到衛老婆子家然後再成乞丐的呢？那我可不知道。

這一句「我可不知道」最管用場，一直是敘事者推責任的話語，作用如同「說不清」三字一樣。祥林嫂倘是由四叔家出來而變成乞丐，就似乎是四叔的責任；倘若由衛老婆子家出來而發生的事，當由衛老婆子家負責。現在事情前後不明，責任誰負也就不很清楚。也可以說四叔並不要負起對整個事情的責任。這樣一個追敘的結局，敘事者不但把自己從事件中徹底抽出，就連四叔也不怎麼牽涉到祥林嫂的死。敘事者本來就是四叔的侄子，話鋒一轉，他還是護著四叔說話。這是魯鎮的故事，敘事者是一個魯鎮的人、從魯鎮人的眼光來敘述一個非魯鎮的人。

6. 故事最終的結局是在新年將臨之際，魯鎮的人得到滿天神佛
的祝佑：

> 只覺得天地聖眾歆享了牲醴和香煙，都醉醺醺的在空中蹣
> 跚，預備給魯鎮的人們以無限的幸福。

這個故事的題目叫《祝福》，祝福有多重的意思。在故事情節上，
牲醴是魯鎮的人在除夕慶典上準備的奉獻，祈求來年的好運。從
另一個角度來看，祝福也代表祥林嫂自己奉上的犧牲。祥林嫂一
生不幸的事情許多都是在冬末春初發生：第一個丈夫是春天沒
了，第二年的春天被婆家擄回逼嫁，兒子被狼吃也是在春天發
生。別人都為下一年新春祈求幸福，她在除夕晚上死去，是否也
意味著她為下一個春天、下一個生命祈求幸福？再從另一個層次
來看，祥林嫂也是全鎮的牲醴，她的存在對魯鎮的人來說，是一
個「不乾不淨」的謬種怪物：

> 這百無聊賴的祥林嫂，被人們棄在塵芥堆中，看得厭倦了的
> 陳舊的玩物。先前還將形骸露在塵芥裡，從活得有趣的人們
> 來看，恐怕要怪訝她何以還要存在，現在總算被無常打掃得
> 乾乾淨淨了。

從「不乾不淨」到「乾乾淨淨」，她的死對全鎮的人來說，倒是一件
好事。去舊迎新，她的死恰是其時。

再進一步而言，祥林嫂的故事是敘事者的獻禮，通過對祥林嫂故事的追敘和再創造，從而得到自己的心靈安適。他原先極想離開魯鎮，到了最後，他從回憶中醒來，在爆竹繁響中得到魯鎮的擁抱，

> 懶散而舒適，從白天以至初夜的疑慮，全給祝福的空氣一掃而空了。

敘事者追憶完了，正是五更新年的降臨，整個故事也正是他供奉出來的獻禮，求取平安。故事題目《祝福》，自是再恰當不過。

　　魯迅對舊社會的批評，非常明顯，下筆如刀，尖銳而深刻。他對這些自命為前進分子而裹足不敢有所作為的人，更是痛惡。故事中的敘事者其實比四叔更是可怕。四叔的可怕放在表面，但祥林嫂在這種人的欺壓之下，還活了五年。但是祥林嫂在和敘事者見面後的當天晚上就絕望而死。這是舊社會的罪，還是所謂新人物當負的責任？這個新人物感到內疚，但是又被他用不同的話語技巧來掩飾、消除。祥林嫂由主動而被動，由有聲音提問、有聲音訴說阿毛的故事，到最後話語權利一點一點地被奪去。她的故事雖由敘事者通過追敘而記錄下來，但追敘的目的其實是要把她趕出他的記憶之外，利用敘事而為自己解脫。祥林嫂的故事是他自我治療的手段，與同情、追悼這個悲劇人物無關。

7. 我們回頭到再看小說開首的第一句：

舊曆的年底畢竟最像年底。

這「畢竟」二字最有意思。楊憲益夫婦的翻譯是：

New Year's Eve according to the lunar calendar seems after all more like the real New Year's Eve.

楊文用 "after all"，雖然也帶有「畢竟」的意思，但語氣輕重似乎有別。到底有什麼分別？請容我這樣解釋。英文的 after all 略帶妥協的意味，語氣比較消極，不像「畢竟」那樣有追究到底而得到一個結論，用意在強調一個不爭的事實。我們試看下面兩個句子，中英對照：

這本書雖然有缺頁，畢竟是一本老書。

There are pages missing, but the book after all is from an old collection.

中文句子似乎在強調老書是珍本，突出老書的珍貴，老書雖有殘缺，但是珍本原比缺頁更為要緊，所以結論是肯定的。而英文句子中的 after all 帶出句子背後的涵義卻不一樣。用上 after all，好像是要在給不完美的書找一個合理的解釋，說明缺頁所以然的緣故，語帶歉意，只是教人不必過分疑慮。要是我們能這樣解釋

「畢竟」和 "after all" 之間那種細微的語義和語用分別，那麼，《祝福》故事一開始就用「畢竟」，似乎更是強調舊曆新年的重要性。「舊曆的年底畢竟最像年底」，這樣簡單的一句開場白，帶出的卻是整個小說節骨眼上的新舊取捨。舊曆午的也許稍嫌不足，但是比來比去，還是比什麼都好。和舊曆年相對的當然是陽曆新年，一個代表新時代、新思想的新年，但是這個陽曆新年還是比不上老傳統來得貼心愜意。承上文的分析，說這話的人，正是一個自以為代表新時代的新青年，代表的是新希望。結果他的話語，在時間上還是選擇了舊時代，在地方上還是回到老故鄉。就好像蒼蠅繞了一個大圈，結果還是飛回到原來的一點。這是魯迅常用的一個比喻，但是這一種暗喻，在楊的翻譯中顯示不出，在 Lyell 的文本中，更是整個丟失。

我們提過小說開首的一段，楊的翻譯和 Lyell 的處理很不一樣。最明顯的分別是 Lyell 用過去式的時態，而楊是通篇用現在式——除了最後一句改用過去式。用過去式本來是理所當然的事，敘述過去的事件，當然是用過去式。除非是所謂的 "historical present" 的特別處理方式。所謂 historical present 也就是在敘述過去發生的事件時，突然改用現在式，用以突出事件的重要或迫切性。但是在我們這小說開首的一段中，描寫年終慶典，似乎並沒有什麼迫切可言。最迫切的應當是敘事者回鄉的一刻，但那一

刻，反而用過去式陳述。所以通篇用現在式，也許正是在強調這年終慶典，是一個傳統，一個歷久彌新、六合皆準的傳統。過去如此，現在也一樣，並不受某一個時段影響。從這個角度來看，這似乎正是敘事者最終的結論，新不如舊，敘說的第一句就已經表明他的立場。我們從這一點來看，似乎楊憲益夫婦還是比較了解作者的用心，在翻譯中表達了小說的深層涵義。

8.　文本以文為本。作者書寫，用心良苦，以文字經營故事，抒發情懷，一切有意識或潛意識的想法，都記錄在文字之中。我們對文本的詮釋，也是從文本切入，探討語言背後的涵義。創作艱辛，一字一血。文本閱讀，又何嘗不是一樣的艱巨？每一次的閱讀，有每一次的新體會；每一個人的閱讀，感受也不盡相同。飲水冷暖，各有偏好。但是這些主觀的解讀是否能在文本中找到具體的例證說明？片言隻語，不足為憑。文本前後細節的編排和敘事是否能一一支持這樣的論述？作者通過文本記錄自己的用心，誰解箇中意？這是我們閱讀任何一個文學作品最大的挑戰。魯迅的是原創作，楊氏和 Lyell 的翻譯可以算是一種再創作，我對原作和翻譯的解讀，應該算是第三次的創作。我的解讀只能代表我個人對文本的了解，文責自負，解讀也是由我自己負責。我只是想借這個機會，給大家做一個示範。文本細讀，也許會是天馬

行空，或者是發想無端。但偶有所獲，還是會覺得無比的快樂和
滿足。

第一講　　語法講話：傳教士筆下的舊日粵語風貌

Lecture 1　Reconstructing Cantonese: Grammatical Changes
　　　　　　as Recorded in Early Missionary Texts

Abstract　　Cantonese is changing. Just as younger men and women in present-day Hong Kong often speak differently from what their parents do, what is "cool and in" in 2015 may in turn be considered old-fashioned or even "never-heard-of" by the next generation before long. Likewise, if we were to travel backward in time and find ourselves standing on a street corner in the 19th-century Hong Kong, would we be able to understand what we heard when passers-by spoke to us? Would we be able to characterize that language of the past and describe in concrete terms any difference in sounds, words and use of grammar from what we are accustomed to in the present? Despite lack of a time machine, we are blessed with a set of Cantonese language materials, prepared mostly by Western missionaries, in the 19th century, a corpus that faithfully records the way how people actually spoke, their accent if any, their choice of words and their construction of discourse to deliver what they meant to say.

This paper aims at reconstructing that language by identifying some of the grammatical features different from what we use today. And, by placing these differences along an actual time line of more than a hundred years, we hope to gain a better understanding of the process of historical development, the forces that motivated the changes and the pace at which they occurred.

第二講　從一幅地圖談起：如何認識十九世紀香港的語言

Lecture 2　What a Map Tells: Language of the 19th-Century Hong Kong

Abstract　Place names often reveal not only the history of the localities and their inhabitants but also of the languages in which they were coined. In the practice of naming villages, towns and streets in Hong Kong, a variety of languages have been at work. While Cantonese is the primary medium responsible for names especially of modern times, other languages and dialects have left their imprints in appellations from the past.

　　This paper focuses on the early maps of Hong Kong and reports on findings that betray such a linguistic complexity. In particular, we will be studying an 1866 map, by Simone Volonteri, an atlas that provides both Chinese characters and alphabetic transcription for place names in Hong Kong and its neighboring regions.

第三講　意在言外：誰在喊狼來了？

Lecture 3　Words and Beyond: Who's Crying Wolf?

Abstract　As a text records what a writer wishes to speak from his (sub-)conscious mind, our understanding of a text begins with the words he uses in such an endeavor. What is he trying to say? How does he say it? As the Chinese saying goes, when a great mind pours out his thoughts on paper, every character is penned in blood. Reading demands just as much passion and care. Reading often draws diverse responses from readers in different temporal and cultural contexts. My interpretation could be just as thought-provoking as anyone else's. But, am I able to argue for my interpretation on the basis of the actual text itself? Words give meaning. A good reading therefore requires a careful analysis, often with imagination, of the words, their grouping as sentences and paragraphs, their connotative extensions, and their functions especially in a narrative discourse.

As an illustration, this paper takes on a close textual reading of a short story by Lu Xun and examines the telling, by a first-person narrator, of the sufferings of a peasant woman who has lost her only child to wild wolves. The recounting seems to have given the woman a voice.

But, who owns the authority to her narrative? When she cries wolf, who responds to her call? Is the woman the agent of her own story? By focusing on the use of words, their twists and turns in constructing confessions and conversations, we hope to argue how the narrator succeeds not so much in writing about the woman with conscientiousness but rather in writing her out of his consciousness.